Paula Weinbach

Hochsensible Kindererziehung

Hochsensible Kinder verstehen und erziehen, ohne zu schimpfen. Mit Hochsensibilität umgehen, gezielt Stärken & Schwächen unterstützen und das Selbstwertgefühl stärken.

Originale Erstausgabe Mai 2020
verlegt durch KR Publishing.

2. Auflage

Bibliografische Information der Deutschen Nationalbibliothek

Die Deutsche Nationalbibliothek verzeichnet diese Publikation in der Deutschen Nationalbibliografie, detaillierte bibliografische Daten sind im Internet unter https://portal.dnb.de abrufbar.

Druck/ Auslieferung: Amazon oder Tochtergesellschaft
Independently published

ISBN:
978-3-948593-26-1 [ebook]
978-3-948593-27-8 [Taschenbuch]

Inhalt

Vorwort

Manche Kinder sind besonderer als andere. Denn sie haben ganz besondere Talente und Fähigkeiten - manche Kinder können besonders gut hören, schmecken oder sehen. Andere Kinder sind z.B. gefühlsstärker und können die Emotionen von anderen Menschen besonders gut wahrnehmen. Doch eins haben diese besonderen Kinder gemeinsam: Sie nehmen die Welt deutlich intensiver wahr und ihre Besonderheit wird oft nicht erkannt. So wird das Summen einer Lampe zum unerträglichen Konzentrationskiller oder die liebevoll gemeinten Umarmungen zur qualvollen Tortur.

Diese Hochsensibilität bei Kindern ist Fluch und Segen zugleich. Ein lebenslanger Fluch, wenn die Eltern nicht erkennen, dass das eigene Kind hochsensibel ist. Ein Segen, wenn sie es frühzeitig erkennen und ihren Schützling gezielt fördern und unterstützen können.

Wenn dein Kind also gerne mal trotzig ist, sich einfach nicht konzentrieren kann, dauernd gestresst ist oder oft Kopfschmerzen hat, dann ist dein Kind eventuell hochsensibel. Und dann braucht es eine besondere Kindererziehung.

Du erfährst in diesem Buch, wie du die Hochsensibilität deines Kindes erkennen kannst und wie du dein Kind mit cleveren und effektiven Strategien gezielt fördern und unterstützen kannst. Du lernst in diesem Erziehungsratgeber auch, wie du deinen Kindern beibringst, dass sie etwas ganz Besonderes sind und wie du ihr Selbstvertrauen und ihr Selbstwertgefühlt stärken kannst.

Dieses Buch über die besondere Kindererziehung bei besonderen Kindern kann eine der wertvollsten Investitionen in die Zukunft deiner Kinder sein - und sie werden es dir ein Leben lang danken :)

Paula Weinbach

Unser Geschenk an dich!

Vielen Dank für den Kauf von diesem Buch und deinem damit verbundenen Vertrauen in uns als Herausgeber und in Paula Weinbach als Autorin dieses großartigen Buchs. Das bedeutet uns wirklich viel, weshalb wir dir den Ratgeber „Habit Hacks - 10 unscheinbare Schlüssel Gewohnheiten, die dein Leben verändern," als Download schenken - vollkommen gratis! Zudem möchten wir dir die Möglichkeit eines direkten Austauschs mit der Autorin anbieten. So kannst du z.B. deine Fragen, dein Feedback oder deine Anregungen Paula zukommen lassen - eine tolle Möglichkeit für die Kommunikation zwischen Leser und Autorin!

Diese kleinen und unscheinbaren Schlüssel Gewohnheiten verändern dein Leben - erfahre:

- ✓ wie eine kleine Veränderung beim Duschen deine Disziplin stärkt und dir einen Energiekick verschafft...
- ✓ wie eine Prise Salz dir einen Kickstart am Morgen verschaffen kann...
- ✓ wie eine kleine Einstellung an deinem Smartphone & Computer deinen Schlaf verbessert...
- ✓ und noch weitere geniale und unscheinbare Habit Hacks!

Wenn du bereit bist, dein Leben mit einigen simplen Habit Hacks auf das nächste Level zu bringen, dann schaue am Ende nach deinem persönlichen Zugang.

Kapitel 1: Hochsensibilität - Einführung in die Thematik

„Sensibelchen“, „Weichei“, „zart besaitet“, „nicht hart im Nehmen“, „Mimose“, „Prinzessin auf der Erbse“ und „Dünnhäuter“ – das alles sind mehr oder weniger umgangssprachliche Bezeichnungen für Menschen, die in ihrer Empfindsamkeit von der Norm abweichen. Diese Begriffe haben etwas entscheidendes gemeinsam: Sie werden in aller Regel im negativen Kontext verwendet. Doch was bedeutet es denn genau, ein „Sensibelchen“ zu sein? Ist es immer nur von Nachteil, wenn man „zart besaitet“ ist? Und wie fühlt es sich an, wenn man derjenige ist, der in der „dünnen Haut“ steckt? Über Jahrzehnte und Jahrhunderte hinweg haben sich Öffentlichkeit und Wissenschaft wenig mit dem Phänomen der erhöhten Empfindlichkeit beschäftigt.

Dann kam der Wendepunkt: Mit dem Begriff „Hochsensibilität“ bekam das Kind endlich einen Namen. Heute haben die meisten Personen zumindest schon einmal von der Hochsensibilität gehört, doch es sind fast ausschließlich die Betroffenen oder deren Angehörige, die sich genauer mit der Thematik auseinandersetzen. Da du dieses Buch in den Händen hältst, gehörst du vermutlich zur zweiten Kategorie und bist ein Elternteil eines (vielleicht) hochsensiblen Kindes. Du möchtest dich informieren, hast vielleicht aber auch ein bisschen Angst davor. Was ist, wenn mein Kind wirklich „anders“ ist? Wie kann ich damit umgehen und welche Herausforderungen gehen damit einher?

Bevor wir mit diesem Kapitel in das Thema einsteigen, ein paar Worte zur Beruhigung: Sollte sich herausstellen, dass dein Kind zu den hochsensiblen Menschen gehört, ist das kein Weltuntergang. Es ist per se noch nicht einmal etwas Schlechtes. Im Verlauf dieses Buches wirst du unter anderem die Besonderheiten und wertvollen Eigenschaften hochsensibler Menschen kennenlernen und feststellen, dass ein hochsensibles Kind „seinen“ Fluch mit der richtigen Unterstützung zu einem Segen machen kann. Also Kopf hoch und los geht's!

Begrifflichkeit und Wortzusammensetzung

Zunächst sehen wir uns das Wort Hochsensibilität ganz wertungsfrei und distanziert in seiner wörtlichen Bedeutung an. Es setzt sich, wie nicht zu übersehen ist, aus den Bausteinen „Hoch" und „Sensibilität" zusammen. Laut Duden steht Sensibilität für die (Reiz-)Empfindlichkeit. Hoch wird in diesem Zusammenhang als Ausdruck der Steigerung oder Verstärkung verwendet, sodass wir bei „stark empfindlich", „sehr empfindlich" oder „überempfindlich" landen. Hochsensibel ist also, wer empfindlicher als der Durchschnitt ist. Aus Gründen der Einfachheit bedienen wir uns im weiteren Textverlauf einer naheliegenden Abkürzung und nennen die Hochsensibilität kurz und knapp HS. Das Kürzel HSM verwenden wir für den hochsensiblen Menschen.

Hochsensibilität in der Definition - wenn der Filter fehlt

Eine allgemeingültige Definition der HS sucht man vergebens. Dennoch ist man sich an und für sich weltweit einig, was darunter verstanden wird. HS beschreibt das Vorhandensein einer empfindlichen Wahrnehmung und Reaktion auf Reize. Dazu gehören sämtliche Reize, die über die fünf Sinne – das Sehen, das Hören, das Tasten, das Riechen und das Schmecken – wahrgenommen werden, aber auch innere Empfindungen, also Gefühle, sowie Gedanken. HSM nehmen solche Reize vermehrt und stärker wahr. Zur Verdeutlichung sehen wir uns ein vereinfachtes Beispiel an: Ein normalsensibler Mensch steht neben der Autobahn, hört die Geräusche der Fahrzeuge und nimmt diese als laut wahr. Ein HSM hört diese Geräusche und stuft sie als extrem laut ein, nimmt all ihre Facetten – Reifenquietschen, Motorbrummen, Hupen, Windsausen – wahr und hört darüber hinaus das Vogelgezwitscher und das leise Donnergrollen, das für den normalsensiblen Menschen von den Fahrzeuggeräuschen überdeckt wird. Das liegt aber nicht etwa daran, dass der HSM über ein besseres Hörvermögen verfügt. Sein Körper reagiert lediglich andersartig auf die

Reize beziehungsweise geht anders damit um. Betrachten wir das „Gesamtsystem Mensch" in Bezug auf die Reizwahrnehmung und -verarbeitung: Unsere Welt hat es an sich, uns mit Reizen zu bombardieren. In jedem beliebigen Moment bist du unzähliger solcher Reize ausgesetzt. Du siehst, was um dich herum geschieht, hörst, welche Geräusche dabei entstehen und was deine beste Freundin dir erzählt, spürst das Sonnenlicht auf deiner Haut, das Kissen unter deinem Kopf oder den Wind im Gesicht, riechst das Parfüm der Person, die an dir vorbeigeht, und schmeckst unterschwellig den Apfelkuchen, den du vor einer halben Stunde gegessen hast.

Würden wir all diese Reize auf bewusster Eben wahrnehmen, wären wir so überfordert, dass wir nicht mehr in der Lage dazu wären, irgendetwas anderes zu tun. Wir könnten nur noch wahrnehmen und versuchen, die Reize, die auf uns einprasseln, irgendwie zu verarbeiten. Deshalb verfügt unser Körper über eine Art Filter. Sämtliche Reize, die uns erreichen, werden nach ihrer Relevanz in Bezug auf unser Überleben beurteilt. Nur die Reize, die dem Körper als wichtig erscheinen, dringen in unser Bewusstsein vor. Wenn du also das laute Hupen eines heransausenden Autos hörst, dann nur, weil dein Körper dieses Geräusch als wichtiger eingeordnet hat, als das Pfeifen des Passanten, den Gesang der Vögel oder das einseitige Gespräch, das die strenge Mutter neben dir mit ihrem ungezogenen Sprössling führt.

Der Filter ist wie eine tüchtige Sekretärin. Er fängt unbedeutende Anrufe ab, wird lästige, unangekündigte Besucher los und löscht Spam-Mails. Nur die wirklich wichtigen Dinge notiert er und gibt sie an dich weiter. Bei HSM ist die Sekretärin reif für die Rente oder befindet sich noch am Anfang ihrer Ausbildung. Der Filter ist nicht feingliedrig, sondern hat große Löcher, die deutlich mehr Reize ins Bewusstsein strömen lassen. Es ist, als würde die Sekretärin sämtliche Spam-Mails durch ein Megafon vorlesen.

Die verschiedenen Arten der Hochsensibilität

HSM nehmen (glücklicherweise) nicht alle Arten von Reizen vollständig und überstark wahr. Je nach Ausprägung und Einzelfall, lassen sich unterschiedliche Formen der HS kategorisieren:

Sensorische Hochsensibilität

Optische Eindrücke, Geräusche, körperliche Gefühle, Gerüche und Geschmäcker werden von sensorisch hochsensiblen Menschen besonders stark wahrgenommen. Solche Personen sehen, hören, spüren, riechen und schmecken mehr als ihre normalsensiblen Mitmenschen. Menschen mit sensorischer HS nehmen allerdings nicht zwangsläufig all diese Reize gleichstark wahr. Bei manchen konzentriert sich die HS eher auf das Sehen, bei manchen auf das Hören und bei anderen auf das Riechen und Spüren. Alle möglichen Kombinationen sind denkbar und existieren. Deshalb unterscheiden wir an dieser Stelle nochmals nach den einzelnen sensorischen Reizen:

✓ Visuelle HS

Einem visuell hochsensiblen Menschen entgeht nichts, was sich vor seinen Augen abspielt. Hektische Bewegungen wirken auf diese Personen oft irritierend, Farben werden intensiv wahrgenommen und helles Licht kann selbst hinter einer Sonnenbrille blenden. Für den visuell hochsensiblen Menschen ist ein Gegenstand nicht einfach nur blau. Er ist Aquamarin, Eisblau, Kobalt, Himmelblau, Marine oder Taubenblau. Zwar kennt der HSM diese Farbbezeichnungen nicht notwendigerweise, er nimmt die unterschiedlichen Nuancen aber sehr fein und präzise wahr.

✓ Akustische HS

Während der Kollege die Baustelle vor dem Büro als störend empfindet, macht sie die Arbeit für den HSM zu einem Ding der Unmöglichkeit. Die leise summende Leuchtstoffröhre oder die brummend umherflatternde Stubenfliege, die von anderen gar nicht wahrgenommen wird, zermürbt die Nerven des akustische hochsensiblen Menschen. Beobachtungen zeigen, dass vor allem anhaltende, sich ständig wiederholende und an- und abschwellende Geräusche akustisch hochsensiblen Personen schwer zu schaffen machen.

✓ Taktile HS

Taktil hochsensible Menschen reagieren empfindlich auf Berührungen jeder Art. Oft können sie vor allem den Hautkontakt mit anderen Personen kaum ertragen. Doch auch kratzige Stoffe, das Gefühl von Wasser auf der Haut, die Zahnbürste im Mund oder die Brille auf der Nase werden sehr präsent wahrgenommen.

✓ Olfaktorische und Gustatorische HS

Die olfaktorische und gustatorische Hochsensibilität gehen in der Regel Hand in Hand. Schließlich hängen Geruchs- und Geschmackssinn zusammen. Derart hochsensible Menschen schmecken Aromen noch lange nachdem sie etwas gegessen oder getrunken haben. Sie nehmen die feinsten, unterschwelligen Nuancen wahr und können intensive Gerüche, beispielsweise von Parfüm, Rasierwasser oder kaltem Rauch, nicht ignorieren.

Emotionale Hochsensibilität

Emotional hochsensible Menschen sind feinfühlig in Bezug auf ihre eigene Gefühlswelt sowie auf die Emotionen anderer. Betreten sie einen Raum, nehmen sie sofort die vorherrschende Stimmung wahr. Es ist kaum möglich, ein Gefühl vor ihnen zu verbergen. Sie fühlen automatisch mit, reagieren durch eigene Gefühle auf die Emotionen anderer und übernehmen diese in manchen Fällen sogar fast 1:1. Ihre Gefühle können sie schnell überwältigen und außer Gefecht setzen. Freude, Wut, Trauer, Angst, Verliebtheit, Stress, Hunger und Müdigkeit – das alles fühlen sie mit voller Wucht und ungefiltert.

Kognitive Hochsensibilität

HSM im kognitiven Bereich denken extrem komplex und verknüpfen sämtliche Wahrnehmungen und Gedankengänge mit bestehenden Referenzen. Ihre Gedankenwelt ist vielschichtig und kennt keine Lücken oder unlogischen Sprünge. Sie assoziieren ständig und schaffen Zusammenhänge, wo andere völlig getrennte Sachverhalte sehen. Ihre Gedankengeflechte sehen sie oft bildlich vor sich, wodurch sich die Intensität der Gedanken erhöht. Es existieren zwar keine fundierten Statistiken, Experten gehen aber davon aus, dass nur ein vergleichsweise kleiner Teil der HSM kognitiv hochsensibel ist. Das könnte mitunter daran liegen, dass sich die kognitive HS oftmals weniger stark auf das alltägliche Leben auswirkt, als etwa die sensorische oder emotionale HS.

In der Realität lassen sich die wenigsten HSM exakt einer dieser Kategorien zuordnen. Viel gängiger sind Mischformen, die in jeder möglichen Kombination auftreten. Deshalb ist kaum ein HSM wie der andere und es ist wichtig, den individuellen Einzelfall mit seinen speziellen Eigenschaften zu betrachten.

Wenn die Wahrnehmung das Wohlbefinden beeinträchtigt

Zum Problem wird die Hochsensibilität dann, wenn sich die erhöhte Wahrnehmung in negativer Weise auf das Wohlbefinden auswirkt. Am Beispiel des akustisch Hochsensiblen bedeutet das, dass er sich massiv unwohl fühlt, sobald die wahrgenommenen Geräusche überhandnehmen und das Maß dessen, was er als angenehm empfindet, überschreiten. Wird diese Grenze gesprengt, liegt eine Reizüberflutung im wahrsten Sinne des Wortes vor. Der Betroffene kann nicht mehr klar denken und fühlt sich überfordert – ihm ist schlagartig alles zu viel. Außenstehende gewinnen so oftmals den Eindruck, die betroffene

Person sei einfach nur wenig belastbar oder gebe sich nicht genügend Mühe. Tatsächlich wird der HSM aber zum Opfer seiner eigenen Wahrnehmung, fühlt sich den Reizen vollkommen ausgeliefert und weiß sich nicht zu helfen. Eine Situation, die man sich als normalsensibler Mensch kaum vorstellen geschweige denn nachempfinden kann.

Das Wichtigste in Kürze

- ✓ Bei HSM fehlt der „Filter", der überlebenswichtige Reize von den weniger wichtigen trennt. Entsprechend gelangen deutlich mehr dieser Reize ins Bewusstsein.
- ✓ Man unterscheidet zwischen sensorischer, emotionaler und kognitiver HS.
- ✓ Sensorisch hochsensible Menschen nehmen Reize, die über die fünf Sinne aufgenommen werden, besonders stark wahr. Emotional hochsensible Menschen sind feinfühlig gegenüber ihrer eigenen Gefühle und der Emotionen anderer, während kognitiv hochsensible Menschen gedanklich viele Zusammenhänge sehen, Verbindungen knüpfen und multiperspektivisch denken.
- ✓ Die meisten HSM sind eher Mischformen und lassen sich nicht exakt einer dieser Kategorien zuordnen.
- ✓ Zum Problem wird die HS, wenn sie sich negativ auf das Wohlbefinden der betroffenen Person auswirkt.

Kapitel 2: Geschichte & Forschungsstand - Wissenschaftliche Hintergründe

Die Sehnsucht nach Erkenntnis, Wissen und Information kann als Essenz der Menschheit bezeichnet werden. Philosophie und Forschung widmen sich der Suche nach der Wahrheit gleichermaßen und haben es sich seit jeher zur Aufgabe gemacht, zu erklären, zu verstehen und zu beweisen. In diesem Kapitel unternehmen wir einen spannenden Ausflug und reisen durch die Geschichte der Hochsensibilität. Wir beginnen bei den ersten Versuchen, Menschen anhand ihrer Persönlichkeitsmerkmale einzuordnen, und enden beim aktuellen Forschungsstand.

Die Einordnung der Persönlichkeit - von Hippokrates bis Gray

Die Kategorisierung von Menschen anhand der Merkmale ihrer Persönlichkeit ist keineswegs neu. Erste diesbezügliche Aufzeichnungen, die uns heute zur Verfügung stehen, stammen aus dem 5. Jahrhundert vor Christus und wurden von niemand geringerem als dem berühmten Philosophen ***Hippokrates*** verfasst. Er konzentrierte sich in seiner Unterscheidung, die heute als Temperamentenlehre bekannt ist, auf vier Haupttypen: den Melancholiker, den Sanguiniker, den Phlegmatiker und den Choleriker. Folgende Eigenschaften schrieb er „seinen" Typen zu:

Der ***Melancholiker***

Der Melancholiker ist der klassische Grübler. Er verkriecht sich häufig in seinen eigenen Gedanken, steht sich selbst äußerst kritisch gegenüber und hegt viele Selbstzweifel. Er möchte keinesfalls unangenehm auffallen, zeigt sich eher zurückhaltend und wirkt dadurch schnell verschlossen und schüchtern. Er gehört zur ängstlichen Sorte Mensch, macht sich ständig Sorgen und ist ein echter Pessimist. Für ihn ist selbst das zu 80 % gefüllte Glas halb leer. Er stellt hohe Ansprüche an sich selbst, neigt zum Perfektionismus und ist idealistisch veranlagt. Hat er sich etwas in den Kopf gesetzt, bleibt er hartnäckig und erledigt das jeweilige gewissenhaft. Anderen Menschen gegenüber ist er grundsätzlich misstrauisch. Er fühlt sich unter ihnen leicht unsicher, reagiert sehr empfindlich auf kleinste Kränkungen oder Kritik und fragt sich laufend, was seine Mitmenschen wohl über ihn denken. Hat man den Melancholiker für sich gewonnen, ist er ein treuer Freund, der bereit ist, sich aufzuopfern, und sich zu jeder Zeit absolut loyal verhält.

Der ***Sanguiniker***

Hibbelig, spontan und lebenslustig kommuniziert der typische Sanguiniker gerne und viel und steckt seine Mitmenschen mit seiner Fröhlichkeit an. Er wirkt erfrischend optimistisch, muntert sein Umfeld zuverlässig auf und sprüht vor Energie. Sorgen sind ihm fast fremd. Er hat einen hoffnungsvollen, naiven Blick auf die Welt, lässt die Dinge auf sich zukommen und sich widerstandslos von ihnen mitreißen. Er kann sich für die unterschiedlichsten Dinge begeistern, ist äußerst gesellig und steht gerne im Mittelpunkt. Kommt er beim Reden erst einmal richtig in Fahrt, ist er in seinem Element und bekommt eventuell gar nicht mit, wenn seine Worte andere verletzen oder verstimmen. Der Sanguiniker fühlt sich innerlich getrieben, findet nur schwer zur Ruhe und lebt sein Leben frei von Planung und Organisation. Nach außen hin wirkt er oftmals unberechenbar, lassen sich seine willkürlich erscheinenden Handlungen von Außenstehenden doch schwer nachvollziehen. Er führt eher oberflächliche Beziehungen, denkt selten zweimal über einen Aspekt nach und hüpft als personifizierte Frohnatur von einer Situation in die nächste. Auf Versprechen des Sanguinikers ist selten Verlass. Er neigt zur Vergesslichkeit und besitzt wenig Disziplin, weshalb sein Umfeld sich alltäglich in Nachsicht üben muss.

Der ***Phlegmatiker***

Der Phlegmatiker ist die Ruhe in Person. Ihn versetzt nichts so schnell in Stress. Er ist friedliebend und tolerant und lässt sich dabei nahezu ausschließlich von plötzlichen Veränderungen ängstigen. Er braucht seine Routine, ein gewohnter Tagesablauf ist ihm heilig und er handelt eigentlich nie spontan oder gar überraschend. Er besitzt ein ausgeglichenes, zur Gleichgültigkeit tendierendes Gemüt, gibt sich oft unbeteiligt und kann sich über alle Maße beherrschen. Kreativität und Begeisterungsfähigkeit gehören nicht zu seinen Stärken. Er bleibt am liebsten passiv, nimmt die Rolle des stillen Beobachters ein, kann in Konfliktsituationen aber auch als diplomatischer Vermittler auftreten. Der Phlegmatiker besitzt eine ordentliche Portion Humor, der meist trocken ausfällt, hält ein, was er verspricht, und ist ein unauffälliger, aber sehr angenehmer Zeitgenosse.

Der ***Choleriker***

Theatralisch, laut und selbstbewusst ist der Choleriker nicht zu übersehen. Wenn er einen Raum betritt, zieht er die Aufmerksamkeit energisch auf sich und versucht erst gar nicht, seine Egozentrik zu verbergen. Er zweifelt äußerst selten an sich selbst, trifft Entscheidungen souverän und schnell und zeichnet sich durch einen übergroßen Ehrgeiz aus. Der Choleriker besitzt wenig Mitgefühl, ist er sich doch vorrangig selbst der nächste. Sein Gemüt erhitzt sich leicht, er scheut sich nicht davor, einen Streit vom Zaun zu brechen, und ist sich auch nicht zu schade, sich der Manipulation zu bedienen, wenn diese der Erreichung seiner Ziele dienlich ist. Er ist nicht gerade der versöhnliche Typ Mensch, setzt seinen Willen meistens ohne Rücksicht auf Verluste durch und ordnet sich niemals freiwillig und kampflos unter. Sein Einfallsreichtum gepaart mit seiner Selbstsicherheit macht ihn zu einem typischen „Macher“, der bekommt, was er will, und erreicht, was er sich in den Kopf gesetzt hat.

Im Laufe der Zeit wurden unzählige weitere Persönlichkeitsmodelle entwickelt, die mal mehr mal weniger Beachtung fanden, für unser Thema der Hochsensibilität aber eher uninteressant sind. Deshalb machen wir an dieser Stelle einen Zeitsprung ins 19. Jahrhundert. Damals betrat der russische Mediziner ***Iwan Petrowitsch Pawlow*** die Bühne der Forschung. Sicher ist dir der Name Pawlow nicht unbekannt. Er war es, der den bedingten Reflex, besser bekannt als „Pawlowscher Hund", nachwies. Für uns ist allerdings ein anderes seiner Experimente von Interesse. Pawlow war aufgefallen, dass die menschliche Reaktion auf Reize unterschiedlich ausfällt. Im Bestreben, seine beobachteten Unterschiede mit dem menschlichen Nervensystem in Verbindung bringen zu können, führte er ein Experiment durch, das bis zu diesem Zeitpunkt absolut einmalig war. Er setze eine Gruppe von Versuchspersonen einer zunehmenden Geräuschkulisse aus. Ausnahmslos jeder Teilnehmer wurde dabei irgendwann ohnmächtig. Zuvor zeigten alle deutliche Anzeichen des Unwohlseins, gingen in die Hocke und umklammerten ihren Kopf schützend mit den Händen. Der Zeitpunkt, an dem diese Reaktionen einsetzten, unterschied sich aber von Person zu Person.

Pawlow nannte diesen Zeitpunkt die „transmarginale Hemmung" – ein Begriff, der auch heute noch Verwendung findet. Gemeint ist damit der Punkt, an dem die Belastungsgrenze überschritten wird und der Körper beschließt, alles dafür zu tun, um sich vor einer weiteren Überreizung zu schützen. Pawlow konnte mit diesem und darauf aufbauenden Experimenten beweisen, dass die transmarginale Hemmung bei Menschen nicht gleichhoch ist, sondern sich von Individuum zu Individuum unterscheidet. Sprich: Manche reagieren mehr und manche weniger sensibel auf Reize. Menschen, die zur Gruppe „mehr" gehören, würden wir heute zum größten Teil zu den HSM zählen.

In weiteren Versuchsreihen kristallisierten sich zwei große Gruppen mit zunehmender Klarheit heraus: Während 15 % bis 20 % der Teilnehmer früh „einknickten", hielten die übrigen 80 % bis 85 % immer deutlich länger durch. Noch heute berufen wir uns auf Pawlow, wenn wir davon ausgehen, dass zwischen 15 % bis 20 % aller Menschen und Tiere hochsensible Eigenschaften aufweisen.

Unser nächster Halt führt uns zum Anfang des 20. Jahrhunderts. Zu dieser Zeit entwickelte der Schweizer ***Karl Gustav Jung***, renommierter logie Psychiater und Begründer der Analytischen Psychologie, seine „Typoder Persönlichkeit". Dabei geht er von vier Grundfunktionen der menschlichen Psyche aus: Das Denken, das Empfinden, das Fühlen und die Intuition. Außerdem unterscheidet er zwei Persönlichkeitstypen, die wir uns nun genauer ansehen:

Der **introvertierte** Persönlichkeitstyp

Der introvertierte Persönlichkeitstyp kümmert sich wenig darum, was um ihn herum geschieht. Seine Gedanken gelten den eigenen Vorstellungen, Werten, Handlungsweisen und Gefühlen. Sein Verhalten richtet er nach seinem Inneren aus und vernachlässigt zugunsten dessen die externe Realität. Konfrontiert mit einer Entscheidung, die er treffen muss, geht er in sich und wägt die Optionen in Bezug auf deren Auswirkung auf die eigene innere Zufriedenheit gegeneinander ab. Der Einfluss der Entscheidung auf das Umfeld ist zweitrangig. Introvertierte Persönlichkeiten fühlen sich oft nicht wohl in ihrer eigenen Haut. Sie haben Schwierigkeiten, sich anzupassen, schaffen dies aber in vielen Fällen über kreative und sinnstiftende Wege.

Der **extrovertierte** Persönlichkeitstyp

Menschen, die dem extrovertierten Persönlichkeitstyp entsprechen, beschäftigen sich weniger damit, was in ihnen selbst vorgeht, sondern schenken ihre Aufmerksamkeit eher dem, was um sie herum geschieht. Ihre ethischen und moralischen Vorstellungen gründen auf der Welt, die sie erleben, und ihre Handlungen richten sich nach ihrem (vermeintlichen) Wissen darüber, was andere von ihnen denken (könnten). Müssen Menschen dieses Typs eine Entscheidung treffen, berücksichtigen sie deren Auswirkung auf die externe Realität in jedem Detail, messen dem Einfluss auf ihre eigene Existenz derweil aber nur eine sekundäre Bedeutung zu. Extrovertierte Persönlichkeiten möchten gesehen werden. Sie stehen gerne im Mittelpunkt und machen ihre Existenz quasi davon abhängig, ob und wie jemand sie wahrnimmt. Es fällt ihnen nicht schwer, sich anzupassen, während sie sich eigentlich fast überall wohlfühlen können. Sie lassen sich von anderen und deren Meinung über sie leicht beeinflussen und neigen dazu, Menschen, die hoch in ihrem Ansehen stehen, zu imitieren.

So weit, so gut. Jungs Persönlichkeitsmodell endet an dieser Stelle aber nicht, sondern nimmt hier seinen Anfang. Ausgehend von den beiden Persönlichkeiten und den psychischen Grundfunktionen, leitet Jung insgesamt acht psychologische Typen ab, die wir nun in jeweils gegensätzlichen Paaren betrachten:

Introvertiertes vs. extrovertiertes **Denken**

Introvertierte Denker sind Intellektuelle, die zielstrebig handeln und nur bereit sind, sich anzupassen, wenn es ihren Zielen dienlich ist. Es handelt sich hier um äußerst interessante Personen, die oft als starrsinnig bezeichnet werden und ihre Gedanken nur unzureichend mit ihrem Umfeld verknüpfen können. Der extrovertierte Denker richtet sich dagegen nach seinem Rechtsbewusstsein und der Beweislage. Er denkt und handelt sehr objektiv, bedient sich zuweilen aber auch der Manipulation und kann zum Tyrannen werden, wenn der Lauf der Dinge seinem Rechtsbewusstsein widerspricht.

Introvertiertes vs. extrovertiertes **Fühlen**

Der introvertierte Fühler bleibt gerne unbemerkt und ist am liebsten allein mit sich und seinen Gefühlen. Das Aufbauen und Pflegen von zwischenmenschlichen Beziehungen gehört nicht zu seinen Stärken. Auf Außenstehende wirkt er oft mürrisch und trübsinnig, nimmt die Emotionen seiner Mitmenschen aber sehr genau wahr. Im Gegensatz dazu möchte der extrovertierte Fühler unbedingt gesehen werden. Wird er ignoriert oder wenig wertgeschätzt, wirkt sich dies massiv negativ auf seine Stimmung und sein Selbstwertgefühl aus. Er knüpft gerne neue Kontakte, pflegt seine Beziehungen intensiv und kann sich zwar nur schwer anpassen, verfügt aber über ein ausgezeichnetes Verständnis hinsichtlich der Gemütslage seiner Mitmenschen. Als Redner blühen Menschen dieses Typs auf. Sie sind wortgewandt und gelten als begabte Geschichtenerzähler, deren emotionsgeladenen, bildreichen Erzählungen man stundenlang lauschen könnte.

Introvertiertes vs. extrovertiertes **Empfinden**

Persönlichkeiten, die dem introvertierten Empfinden zugeschrieben werden, finden ihre Erfüllung oft in Musik und Kunst. Sie erleben Sinneswahrnehmungen intensiv und nehmen Farben, Formen und Texturen in deren Essenz wahr. Extrovertierte Empfinder fixieren sich dagegen häufig auf Gegenstände und messen diesen nicht nur eine große Bedeutung, sondern auch eine gewisse Macht oder gar magische Eigenschaften bei. Eine bloße Vorstellung der Dinge genügt ihnen nicht. Sie möchten sie sehen, hören, riechen und vor allem anfassen und streben nach einem Leben voller spaßiger Erfahrungen.

Introvertierte vs. extrovertierte **Intuition**

Menschen des Typus „introvertierte Intuition" leben in einer Traumwelt, die sie sich mit ihrer ausgeprägten Vorstellungskraft und einer großen Portion Idealismus erschaffen. Ihnen entgeht kein noch so subtiler Reiz und sie können erahnen, was andere Personen fühlen und denken oder als nächstes tun werden. Die Realität ist für sie extrem schwer verdaulich. Menschen des Typs „extrovertierte Intuition" lieben Abenteuer und alles Neue. Sie sind gerne aktiv, bleiben immer in Bewegung und sind ständig auf der Suche nach dem nächsten Kick. Während sie sich kaum für die Gedanken und Gefühle ihrer Mitmenschen interessieren, sind sie äußerst zielstrebig, können dabei aber niemals wirklich zur Zufriedenheit finden. Ist das eine Ziel erreicht, wird sofort das nächste anvisiert.

Bis heute gehört Jungs Theorie zu den bedeutendsten Persönlichkeitsmodellen überhaupt. Verschiedene Psychologen haben die „Typologie der Persönlichkeit" als Grundlage für ihre Forschung herangezogen und das Modell in unterschiedlicher Weise weiterentwickelt. Wenn du aber hoffst, dass unsere Reise nun ein Ende findet, musst du enttäuscht werden, denn wir haben noch drei Stopps vor uns, bevor wir im 21. Jahrhundert ankommen.

Nächster Halt: ***Hans Eysenck***. Von Jung beeinflusst, erstellte der britische Psychologe ein dreidimensionales System, das sich auf die Kategorien „Extraversion", „Neurotizismus" und „Psychotik" konzentriert. Diese Aspekte stellte er ihrem jeweiligen Gegenteil gegenüber, wobei sich jeder Mensch in jeder der drei Hinsichten irgendwo zwischen der Eigenschaft und ihrem Gegenteil befindet – mal mehr auf der einen, mal mehr auf der anderen Seite. Befassen wir uns also mit den Persönlichkeitsmerkmalen, die Eysenck als essenziell betrachtete:

Extraversion und Introversion

Hier legt uns der Psychologe eine Skala vor, die von extrovertiert bis introvertiert reicht. Wer ein hohes Maß an Extraversion mitbringt, ist demnach kommunikativ, umgibt sich gerne mit Menschen und hat Freude an sozialen Aktivitäten. Für ihn ist es ein leichtes, Freunde zu finden, und er scheut sich nicht davor, aufzufallen und alle Blicke auf sich zu ziehen. Der Introvertierte ist dagegen stiller, fällt ungern auf und ist lieber allein. Er meidet große Events und Menschenmengen und fühlt sich in Gegenwart anderer eigentlich nur dann wohl, wenn er diese zu seinem engsten Freundeskreis zählen kann. Wie auch bei den beiden folgenden Beschreibungen, gilt hier: Zu 100 % extrovertierte oder introvertierte Menschen stellen die absolute Ausnahme dar. Üblich ist eine Einordnung im Mittelfeld mit mehr oder weniger großen Ausschlägen zur einen oder anderen Seite.

Neurotizismus und emotionale Stabilität

Den Neurotizismus beschreibt Eysenck als ein Charakteristikum, das sich durch chronische Unzufriedenheit und einen starken Hang zum Perfektionismus auszeichnet. Derart veranlagte Menschen machen sich viele Sorgen, entwickeln schnell Ängste und können schlecht mit Stressauslösern umgehen. Sie fokussieren sich tendenziell eher auf die negativen Aspekte einer Sache und schaffen es dann nicht mehr, die positiven Aspekte überhaupt wahrzunehmen. Sie werden vergleichsweise schnell eifersüchtig und erleben oftmals starke Gefühle des Neides. Der emotional stabile Mensch weiß dagegen sehr genau, wie er mit Stress fertig werden kann, befindet sich überwiegend im emotionalen Gleichgewicht und bewahrt auch in aufwühlenden Situationen Ruhe. Er weiß um seine persönlichen Fähigkeiten und hat die Gabe, sich seine Ziele auf dieser Basis auszusuchen. Die Schwächen anderer kann er recht tolerant hinnehmen und auch herausfordernde Sachverhalte können sein Gemüt nur sehr begrenzt in Wallung versetzen.

Psychotik und Normalität

Die dritte Dimension, Psychotik, wurde erst Jahre später hinzugefügt und gehörte ursprünglich nicht zu Eysencks Persönlichkeitstheorie. Seitdem wird sie aber als fester Bestandhalt eben dieser aufgefasst und nahezu immer berücksichtigt. Die Normalität entspricht hier einer niedrigen Psychotik. Aber was genau ist unter Psychotik überhaupt zu verstehen? Laut Eysenck steht dieses Persönlichkeitsmerkmal im direkten Zusammenhang mit einer ausgeprägten Kreativität und einer deutlichen Schwierigkeit, sich an soziale Normen anzupassen. Psychotiker handeln demnach in hohem Maße und einer schönen Regelmäßigkeit unverantwortlich, weshalb sie zu kriminellen Verhaltensweisen neigen. Sie tun sich einfach äußerst schwer damit, ihr Handeln den gesellschaftlich und gesetzlich akzeptierten Maßstäben und Standards anzugleichen. Eysenck erklärte dies folgendermaßen: Je psychotischer die Person, desto weniger lässt sich diese konditionieren, womit wir wieder beim Pawlowschen Hund wären. Was Menschen mit niedriger Psychotik durch Belohnung und Bestrafung erlernen, kommt beim Psychotiker einfach nicht an. Im Umkehrschluss können sich wenig psychotische Menschen besonders gut anpassen, sind gewillt, den Normen zu entsprechen, können aber tendenziell auch nur auf begrenztere kreative Ressourcen zurückgreifen.

Eysencks Persönlichkeitstheorie wurde vielfach kritisiert, gehört heute aber trotzdem noch immer zu den meistzitierten Theorien ihrer Art. Den HSM würde man in seinem System wohl dem introvertierten, neurotischen und mittelmäßig psychotischen Typus zuordnen. Leichter mit der Hochsensibilität in Verbindung zu bringen sind jedoch die Forschungsergebnisse von ***Jerome Kagan***, die aus dem späten zweiten Drittel des 20. Jahrhunderts stammen. Kagan interessierte sich, wie viele vor ihm, vordergründig dafür, einen Zusammenhang zwischen der Reaktion auf Reize und dem menschlichen Nervensystem zu finden. Vor diesem Hintergrund startete er ein sehr spezielles Experiment: Über ganze acht Jahre hinweg arbeitete er mit einer Versuchsgruppe, die während dieser Zeit vom Säugling zum Achtjährigen heranwuchs. Seine Ergebnisse sehen wir uns in zwei Schritten an:

1. Die Reizbarkeit der Babys

Kagan konfrontierte seine zahnlosen Teilnehmer in Windeln mit unterschiedlichen Reizen: Er zeigte ihnen ein Bild ihrer Mutter, ein Bild einer Fremden, ein buntes Mobile und einen Luftballon, den er direkt vor ihrem Gesicht zerplatzen ließ. Beim Bild der fremden Person und dem platzenden Luftballon reagierten alle Kinder eher wenig erfreut, doch nur rund 20 % brachen augenblicklich in wildes Zappeln oder lautes Weinen aus. 40 % der übrigen Babys zeigten sich unbeeindruckt und blieben gelassen, die restlichen 20 % weinten und zappelten zwar, aber deutlich weniger, leiser und kürzer. Die Säuglinge, die durch ihre starke Reaktion auffielen, nannte Kagan „gehemmt". Weitere Tests zeigten, dass eben diese Babys deutlich höhere Herzfrequenzen aufwiesen als ihre weniger „gehemmten" Mitstreiter. Dasselbe galt für die Konzentration der Stresshormone Noradrenalin und Cortisol.

2. Beobachtung der Heranwachsenden

Aus den Säuglingen wurden Kinder und Kagan entging nicht, dass „gehemmte" Babys zu vergleichsweise introvertierten Achtjährigen heranwuchsen. Der Psychologe betonte aber auch, dass äußere Einflüsse, beispielsweise im Zuge der Erziehung, diese genetische Veranlagung abschwächen oder nochmals zusätzlich bekräftigen können. Mit seinen Versuchsreihen bewies er letztendlich, dass die Personen, die wir heute als HSM bezeichnen, einen höheren Cortisol-Blutspiegel besitzen und Noradrenalin schneller und in größeren Mengen ausschütten. Die Folge: häufiger auftretender und stärker ausfallender Stress.

Ausgehend von Kagan, gelangen wir direkt zu einem Schüler Eysencks: ***Jeffrey Alan Gray***. Auch er ließ sich von der Persönlichkeitstheorie seines Lehrers inspirieren und entwickelte ein darauf aufbauendes Temperamentsmodell. Seine „Reinforcement Sensitivity Theory" enthielt ursprünglich zwei Dimensionen:

▸ BAS - Behavioral Approach System

Das BAS lässt sich grob mit „Verhaltensannäherungs-System" ins Deutsche übersetzen. Gemeint ist damit die Sensitivität, also Empfindlich- und Empfänglichkeit, gegenüber belohnenden und nicht-bestrafenden Reizen. Solche Reize führen nach Gray zu einer Verhaltensaktivierung, einem angepassten Verhalten im Bestreben, mehr positive Gefühle und Resonanzen zu erhalten. Menschen mit ausgeprägtem BAS setzen sich vergleichsweise positive Ziele. Sie peilen beispielsweise „mehr Freunde“ anstatt „weniger Einsamkeit“ an. Sie gehören zu den impulsiven, extrovertierten Menschen und würden nach Eysenck in die emotional stabile Spalte fallen – wenn auch nicht unbedingt im extremen Maß.

▸ BIS - Behavioral Inhibition System

Das Gegenstück zum BAS stellt das BIS, das „Verhaltenshemmungs-System“, dar. Dieses reagiert besonders empfänglich auf bestrafende und nicht-belohnende Reize. Menschen mit sehr aktivem BIS gewichten negative Erlebnisse stärker als positive, lassen sich leichter ängstigen und geben sich häufig auffallend schüchtern. Sie unternehmen mitunter große Anstrengungen, um der individuell empfundenen Bestrafung oder Nicht-Belohnung zu entgehen und nehmen generell eher eine abwehrende Haltung ein, die auf Selbstschutz programmiert ist.

Gray geht davon aus, dass in jedem Menschen BAS und BIS angelegt sind. Die beiden Systeme sind lediglich in unterschiedlich starker Ausprägung aktiv. Später fügte Gray seiner Theorie eine dritte Dimension hinzu, die nahezu immer gültig ist und aktiviert werden kann – unabhängig davon, in welchem Maße BIS und BAS aktiv sind.

▸ FFFS - Fight-Flight-Freeze-System

Nehmen die Reize überhand, fokussieren sich Körper und Geist auf den natürlichsten, instinktivsten Anspruch des Menschen: das Überleben. Dann wird das Verhalten nicht mehr auf Annäherung getrimmt oder gehemmt, sondern unterliegt zu 100 % dem Selbsterhaltungstrieb. Panik und große Angst sind generell als unkonditionierte Reize zu verstehen. Sie belohnen und bestrafen nicht, sondern sind einfach existent. Auf sie muss zwingend reagiert werden. Das menschliche Verhaltensspektrum ermöglicht grundlegend drei Reaktionen: das Kämpfen, das Fliehen oder das Erstarren und Ausharren.

Wir sind nun fast am Ziel unserer Reise angekommen. Wir landen in unserer heutigen Zeit und kommen endlich zu der Person, die der Hochsensibilität als Persönlichkeitsmerkmal die Bedeutung beimaß, die sie verdient.

Elaine N. Aron: Die „Königin" der Hochsensibilität

Zur Mitte der 1990er Jahre nahm die amerikanische Psychologin ***Elaine N. Aron*** sämtliche Forschungsergebnisse, die mit der Hochsensibilität korrelieren, in Augenschein. Ihre Leidenschaft für die Thematik hat persönliche Hintergründe: Aron ordnet sich heute selbst den HSM zu und verbrachte Jahrzehnte damit, ihr spezielles Persönlichkeitsmerkmal zu untersuchen. Ihr 1996 veröffentlichtes Sachbuch, „The Highly Sensitive Person: How to Thrive when the World overwhelms you“, wurde in über 70 Sprachen übersetzt und gilt heute als Standardwerk. Da du dich offensichtlich für das Thema der HS interessierst, kann dir das Lesen dieses einmaligen Werkes nur wärmstens empfohlen werden, zumal sich Aron später auf HS bei Kindern spezialisierte. Im Laufe der Zeit brachte Aron die Forschung auf diesem speziellen Gebiet, das zuvor oft stiefmütterlich behandelt wurde, voran und erzielte folgende Ergebnisse:

- ✓ Die HS ist ein genetisch angelegtes Merkmal, das von den individuellen Lebensumständen und Erfahrungen beeinflusst, aber niemals komplett aufgehoben werden kann.
- ✓ HS häuft sich familiär.
- ✓ Die Gehirnregionen, die für das Dämpfen und Fernhalten von Reizen zuständig sind, sind bei HSM weniger aktiv.
- ✓ Das Nervensystem von HSM stuft mehr Reize als wichtig ein und gibt sie somit ans Bewusstsein weiter.

- ✓ HS gibt es nicht nur unter Menschen. Auch bei Tieren ist die Hochsensibilität als Persönlichkeitsmerkmal vertreten und betrifft dort ebenfalls 15 % bis 20 %.
- ✓ HS ist keine Schwäche, sondern erfüllt eine logische Funktion: Der hochsensible Anteil der Population ist empfindlicher gegenüber überlebensbedrohenden Einflüssen. Er fungiert quasi als „Frühwarnsystem". Ein Volk, das lediglich aus vorwärts preschenden, wenig feinfühligen Königen besteht, überlebt nicht. Es braucht die vielfühlenden, sensiblen Beobachter, die auf ankommende Schwierigkeiten und Herausforderungen hinweisen.

In Zusammenarbeit mit ihrem Ehegatten Arthur hat Aron bis heute hunderte HSM befragt und konnte dadurch recht fundierte Statistiken erheben. Diesen zufolge sind rund 70 % der HSM dem introvertierten Spektrum zuzuordnen. Nicht zu vergessen sind die 30 % der extrovertierten HSM, die oftmals aufgrund ihrer Aufgeschlossenheit und Selbstsicherheit unter den Tisch fallen und nicht erkannt werden.

Ursache - wie wird man zum HSM?

Wenn du die vorherigen Abschnitte aufmerksam gelesen hast, ist dir nicht entgangen, dass die meisten Forscher auf dem Gebiet der HS dem genetischen Faktor eine große Bedeutung beimessen. Viele HSM werden als HSM geboren. Die Säuglinge, die Kagan in seiner Studienreihe untersuchte, hatten kaum die Möglichkeit, abschwächenden oder verstärkenden Umwelteinflüssen ausgesetzt zu sein. Dennoch waren manche von ihnen hochsensibel und andere nicht. Wir können also festhalten: Die Veranlagung zur HS wird in aller Regel vererbt.

Wie genau das geschieht, ist bis dato nicht eindeutig wissenschaftlich nachweisbar. Wir wissen nicht, ob die HS Generationen überspringt, wann sie sich zu 100 % durchsetzt und wann sie im Genpool unter geht. Menschen brauchen wie Tiere sensible Aufpasser, die leisten, was die mutigen Anführer nicht können, weil ihnen die Anzeichen schlicht und einfach entgehen. Deshalb spricht vieles dafür, dass die HS bei einem gewissen Prozentsatz, wahrscheinlich 15 % bis 20 %, der Population, genetisch vorbestimmt ist. Klar ist aber auch, dass sich dieses Persönlichkeitsmerkmal verstärkt oder reduziert, je nachdem welche Erfahrungen der HSM macht. Extrem verstärkend können bestimmte Traumata wirken. Ein Kleinkind oder Kind, dessen Eltern oder Elternteil aus dessen Perspektive unberechenbar handelt, wird sich die größte Mühe geben, schon kleinste Anzeichen und emotionale Schwingungen zu erkennen und richtig zu deuten. Wir sprechen hier von einem Mechanismus, der dem reinen Selbstschutz dient. Dazu braucht es nicht unbedingt den prügelnden Vater oder die drogensüchtige Mutter. Auch Eltern, die nicht an einem Strang ziehen, aus der Sicht des Kindes unverständlich kommunizieren oder nicht verlässlich sind, können das Merkmal HS unbewusst stärken.

Was die Forschung betrifft, so sind die Ursachen der HS momentan als überwiegend ungeklärt einzustufen. Dennoch gibt es vieles, das darauf hinweist, das die jeweilige Veranlagung plus die gesammelten Erfahrungen dazu führen, dass ein Mensch letztlich hochsensibel ist und bleibt. Aber wie wichtig ist es eigentlich, zu wissen, warum genau man hochsensibel ist?

Aus der persönlichen Perspektive betrachtet, erscheint dies oft sehr bedeutungsvoll. Natürlich interessiert man sich für die Gründe, die einen zum HSM gemacht haben. Tatsächlich ist es aber viel wichtiger, nun richtig mit diesem Persönlichkeitsmerkmal umzugehen. Es empfiehlt sich daher, den Blick nach vorne, anstatt zurück zu richten. Nicht die Ursache der HS entscheidet letztlich darüber, wie gut oder schlecht der HSM in der Welt zurechtkommt. Ganz gleich, woher die HS kommt, kann der HSM seinen Lebensweg mit einer angepassten Umgangsweise ebnen.

Komorbidität

In diesem Kapitel darf das Thema Komorbidität nicht unangesprochen bleiben, auch wenn der Begriff an sich hier eigentlich falsch verwendet wird. Die Komorbidität beschreibt den Zusammenhang zwischen zwei Erkrankungen. Sie steht für die erhöhte Wahrscheinlichkeit des Auftretens einer Krankheit beim Vorhandensein einer anderen. Da die HS keine Krankheit ist, kann man eigentlich nicht von Komorbidität sprechen. Dennoch beschäftigt diese Thematik Betroffene und deren Angehörige oftmals intensiv, weshalb wir uns ihr selbstverständlich widmen.

➡ *HS und ADHS*

Ein Mythos, der sich wacker hält, bezieht sich auf die Verbindung zwischen HS und ADHS. Die Aufmerksamkeitsdefizit-Hyperaktivitätsstörung und die Hochsensibilität stehen in keinem klinisch bewiesenen Zusammenhang. Es gibt jedoch gewisse Überschneidungen, die nicht unter den Teppich gekehrt werden dürfen. Betroffene beider Merkmale erleben eine niedrige Stressresistenz und lassen sich vergleichsweise leicht durch äußere und innere Stimuli ablenken. Während ADHS-Betroffene allerdings auch dann ablenkbar und unkonzentriert bleiben, wenn sie mit sich allein und keinen starken Reizen ausgesetzt sind, ist dies bei HSM für gewöhnlich nicht der Fall. Außerdem ist das ADHS-typische impulsive Handeln nicht als zentrale Eigenschaft von HSM zu beobachten. Forschungsergebnisse zur Komorbidität liegen an dieser Stelle nicht vor, sodass eine solche letztendlich weder ausgeschlossen noch bestätigt werden kann.

➡ *HS und Depressionen*

Sooft dieser auch vermeintlich als bewiesen dargestellt wird, existiert kein direkter Zusammenhang zwischen HS und Depressionen. Je nach Art und Ausprägung der HS, nimmt der HSM negative Einflüsse natürlich stärker wahr und landet entsprechend schneller in der Abwärtsspirale, die zu einer pathologischen Depression führt. Viele HSM kennen das Gefühl, wenn einem alles zu viel wird. Genau diese Empfindung erleben auch depressive Menschen oft. In Ermangelung fundierter Forschungsergebnisse, kann hier allerdings keine „Komorbidität" genannt werden.

➡ *HS und Borderline*

Als dritte im Bunde ist die Borderline Persönlichkeitsstörung, eine Persönlichkeitsstörung des emotional instabilen Typs, zu betrachten. Aktuell wagt sich kaum jemand daran, eine Strippe zwischen diesen beiden Konstitutionen zu ziehen. Das dürfte unter anderem daran liegen, dass Borderliner generell gerne als impulsiv, manipulativ und unberechenbar dargestellt werden – wer mag sich damit schon vergleichen? Tatsache ist: Borderliner reagieren überdurchschnittlich stark auf Emotionen. Sie nehmen diese intensiver wahr und lassen sich leichter davon beeinflussen. Moment mal: Ist das nicht auch beim HSM der emotional hochsensiblen Sparte der Fall? Das ist es. Dennoch geht die BPD (Borderline Personality Disorder) nicht zwangsläufig mit HS einher – oder umgekehrt. Leider würde es den Rahmen dieses Buches sprengen, an dieser Stelle detaillierter auf die BPD einzugehen. Dennoch ist festzuhalten, dass HS und BPD in gewisser Weise korrelieren, aber nicht unbedingt gemeinsam in Erscheinung treten. Auch hier fehlen leider wissenschaftliche Studien und Belege.

Das Wichtigste in Kürze

- ✓ Die ersten Andeutungen auf das, was wir heute als HS kennen, sind in Aufzeichnungen zu Hippokrates' Temperamentenlehre zu finden.
- ✓ Im 19. Jahrhundert führte Iwan Petrowitsch Pawlow Experimente durch, die bewiesen, dass Menschen unterschiedlich sensibel auf Reize reagieren. Dabei zeigte sich, dass 15 % bis 20 % sensibler reagieren als die

übrigen 80 % bis 85 %. Im 20. Jahrhundert legte Karl Gustav Jung erstmalig den Fokus auf die Unterscheidung zwischen „extrovertiert“ und „introvertiert“. Seine „Typologie der Persönlichkeit“ ist bis heute berühmt und diente vielen späteren Ansätzen als Inspiration.

- ✓ Hans Eysenck legte den Schwerpunkt in seinem System auf die Merkmale „Extraversion“, „Neurotizismus“ und „Psychotik“. Der HSM wäre hier vermutlich dem eher introvertierten, neurotischen und mittelmäßig psychotischen Spektrum zuzuordnen.
- ✓ Im späten 20. Jahrhundert wolle Jerome Kagan einen Zusammenhang zwischen der Reaktion auf Reize und dem menschlichen Nervensystem finden. Er experimentierte mit Babys und beobachtete diese über acht Jahre hinweg. Es zeigte sich, dass Säuglinge, die mit vermehrter Ausschüttung von Stresshormonen auf „negative“ Reize reagierten, oft zu introvertierten Kindern heranwuchsen. Der Anteil dieser „Gehemmten“ lag bei rund 20 %.
- ✓ Als Schüler Eysencks unterschied Jeffrey Alan Gray Persönlichkeiten im Rahmen seiner „Reinforcement Sensitivity Theory“ nach der jeweiligen Ausprägung des „Behavioral Inhibition Systems“, des „Behavioral Approach Systems“ und des „Fight-Flight-Freeze-Systems“.
- ✓ Heute ist Elaine N. Aron die bekannteste Wissenschaftlerin auf dem Gebiet der HS. Sie hat mehrere Bücher veröffentlicht und gilt als wahre Pionierin, die der HS die Aufmerksamkeit verschafft hat, die sie verdient. Ihre Erkenntnisse bauen auf Erfahrungen, Interviews mit und Untersuchungen von HSM sowie auf die intensive Sichtung bereits vorhandenen Materials zur Thematik auf. Wer sich mit HS beschäftigt, kommt heute nicht an Aron vorbei.

- ✓ HS ist in aller Regel genetisch bedingt, kann aber durch Erfahrungen verstärkt oder geschwächt werden.
- ✓ Im Hinblick auf die Komorbidität, werden immer wieder ADHS, Depressionen und die Borderline Persönlichkeitsstörung genannt. Wissenschaftliche Studien und fundierte Ergebnisse zu einem Zusammenhang zwischen HS und diesen Krankheitsbildern liegen allerdings nicht vor.

Kapitel 3: Hochsensibilität erkennen – Merkmale und Eigenschaften

Nicht jeder Mensch, der dir nach einem kurzen Kontakt „überempfindlich“ erscheint, gehört zu den HSM. Andersherum muss ein HSM im Alltag nicht zwangsläufig durch übersensible Reaktionen auffallen. Viele HSM haben sich äußerst gut im Griff und geben sich die größte Mühe, ihre Besonderheit vor ihrem Umfeld zu verbergen. Trotzdem gibt es Merkmale und Eigenschaften, die bei HSM überdurchschnittlich oft zu beobachten sind. Diese lernst du im dritten Kapitel dieses Buches kennen.

Top 15 der Eigenschaften von HSM

Aus Kapitel 1 weißt du, dass HS in den unterschiedlichsten Zusammensetzungen auftreten kann. Daher gibt es keinen Guide, mit dem sich HSM treffsicher erkennen lassen. Dennoch können einige Eigenschaften festgemacht werden, über die HSM vermehrt verfügen:

Empfindlichkeit gegenüber verschiedensten Reizen

Zu helles Licht, zu laute Geräusche, zu intensive Gerüche und zu starke körperliche Gefühle werfen HSM aus der Bahn. Eine Reaktion, die von außen betrachtet als Überreaktion wahrgenommen wird, spricht für das Vorhandensein einer HS.

Intensive Gefühle und Gedanken

Emotional hochsensible Personen fühlen sehr intensiv, während kognitiv hochsensible Menschen überdurchschnittlich weitreichend und assoziativ denken.

Streben nach Harmonie

HSM sind in aller Regel konfliktscheu und sehnen sich nach purer Harmonie. Da sie sämtliche Abweichungen von eben diesem Zustand ausgeprägt wahrnehmen, können sie nur ungestört und zufrieden existieren, wenn ihr Umfeld konfliktarm und harmoniereich ist.

Empathie für Mensch und Tier

HSM können sich oft besonders gut in ihre Mitmenschen hineinversetzen. Sie nehmen deren Stimmungen sensibel wahr, merken sofort, wenn etwas nicht stimmt, und übernehmen den Gefühlszustand ihres Gegenübers manchmal unbegrenzt. Ihre Empathie bezieht sich jedoch häufig nicht nur auf andere Menschen, sondern auch auf Tiere. Sie fühlen sich in Gegenwart von Tieren manchmal sogar wohler als in Gegenwart ihrer meistgeschätzten Menschen. Warum?

Ganz einfach: Tiere manipulieren nicht, sie täuschen nicht vor und verfolgen keine übergeordneten Absichten. Die meisten Tiere können, in Ermangelung eines ausgebildeten Neokortex, nicht logisch denken und leben entsprechend im Moment. Eine Eigenschaft, mit der HSM besonders gut umgehen können und die sich beruhigend auf sie auswirkt. So mancher HSM findet entsprechend schnell seinen Weg zum Vegetarismus oder Veganismus.

Weltschmerz und Schuldgefühle

Manche HSM erleben den allgemeinbekannten Weltschmerz in einer beschwerenden Regelmäßigkeit. Sie können nicht anders, als all das Unrecht und Unheil in der Welt in vollem Umfang wahrzunehmen, und sind in der Folge einfach nur überfordert und verzweifelt. Hunger, Krieg, Terrorismus, Misshandlung und Co. formen sich in ihren Gedanken und Gefühlen zu einer wabernden schwarzen Masse, die sie zu ersticken droht. Ihnen fehlt an dieser Stelle die nötige Distanz, um sich davon abgrenzen zu können. Sie fühlen mit dem hungernden Kind, dem missbrauchten Ministranten, dem hoffnungsvollen Flüchtling und dem Schwein in Massentierhaltung. Kein Wunder, dass es ihnen zu viel wird. Oftmals empfinden sie zeitgleich Schuldgefühle und haben das Bedürfnis, etwas gegen die Missstände in der Welt zu tun – aber wie?

Niedriges Selbstwertgefühl

HSM wird häufig schon im Kindesalter klar, dass sie irgendwie „anders“ sind. Sie spüren die Diskrepanz zwischen ihrem Verhalten und dem Verhalten Gleichaltriger und versuchen sich anzupassen, scheitern dabei aber kläglich. Draus resultiert ein geradezu eingeknicktes Selbstwertgefühl. Sie fühlen sich fehl am Platz, denken, sie müssten härter im Nehmen, belastbarer oder weniger empfindlich sein, und werten sich dabei selbst ab.

Detailverliebtheit

Im direkten Vergleich mit Normalsensiblen, zeigen sich auffallend viele HSM perfektionistisch. Sie legen großen Wert auf Details – ganz einfach deshalb, weil sie jedes noch so kleine Detail wahrnehmen.

Naturverbundenheit

HSM sehnen sich in aller Regel vor allem nach einem: Ruhe. Diese finden sie in vielen Fällen in der Natur. Sachter Wind, wogende Baumkronen und saftige Gräser können ihnen – fernab des menschlichen „Irrsinns“ – Frieden vermitteln.

Intensives Erleben von Musik und Kunst

Viele HSM haben ein besonderes künstlerisches Gespür. Sie erleben Musik und Kunst mit mehr Sinnen und in ausgedehnterer Tiefe als ihre Mitmenschen. Manchmal können sie Töne sogar riechen, Formen instinktiv eine Farbe zuordnen und Farben hören oder schmecken.

Wortgewandtheit

Manche HSM sind begnadete Redner, auch wenn sie sich vermehrt nicht freiwillig zu Wort melden. Sie können Sachverhalte problemlos und scheinbar ohne große Mühe bildlich schildern, verfügen über einen umfassenden Wortschatz und wissen um das ästhetische Wirken von Worten.

Werteempfinden

Der Großteil der HSM entwickelt im Laufe seiner Jugend und des jungen Erwachsenenalters ein Werteverständnis, an dem später kaum noch gerüttelt werden kann. Aus der ausgeprägten Wahrnehmung und der starken Empathie, resultieren häufig Illusionen und Utopien einer besseren Welt. HSM sind stets bestrebt, sich selbst angepasst an ihr Werteverständnis zu halten und urteilen unter Umständen recht gnadenlos über Menschen, die dies nicht tun.

Gerechtigkeitsempfinden

Möchte man wissen, was gerecht ist und was nicht, fragt man am besten einen HSM. Dieser wird nicht zögernd, sondern sehr bestimmt antworten und im selben Atemzug eine stichhaltige Argumentation mitliefern.

Geringe Drucktoleranz

Druck ist der erklärte Feind der HSM. Sie nehmen diesen verstärkt wahr und fühlen sich oftmals durch ihn blockiert. Eine hochsensible Person arbeitet in aller Regel langsamer, sobald sie unter Zeitdruck gerät, und liefert schlechtere Ergebnisse ab, wenn ein Leistungsdruck gegeben ist. Druck führt unweigerlich zu Stress und Stress wirkt sich negativ auf die Leistungsfähigkeit aus.

Gehemmtheit vs. Lebendigkeit

Je nach Ausprägung der HS und der individuellen Situation treten HSM auffallend gehemmt oder lebendig auf. Beide Merkmale sind gleichermaßen typisch. Die vermehrte Reizwahrnehmung kann den HSM beflügeln oder in Schockstarre versetzen.

Kreativität

Einige der kreativsten Menschen, die der Menschheit bekannt sind, sind den HSM zuzuordnen. Durch ihre feine Wahrnehmung und die Bereitschaft, ihre Empfindungen zum Ausdruck zu bringen, werden HSM überdurchschnittlich oft zu großen Künstlern. Sie schätzen die

Kunst, egal ob das Zeichnen, Schauspielern oder Musizieren, als Form des Ausdrucks und sind in der Lage dazu, ihre gesamte Gefühls- und Gedankenwelt in ein Kunstwerk, ein Lied oder eine Darbietung zu legen.

Reagieren HSM über?

Außenstehende urteilen schnell über HSM. Die negativ wertenden und eingangs erwähnten Bezeichnungen „Weichei“, „Prinzessin auf der Erbse“ und „Sensibelchen“ sind nicht umsonst so geläufig. Als normalsensibler Mensch ist es naheliegend, die Reaktion des HSM auf bestimmte Reize als Überreaktion zu bewerten. Damit tut man der hochsensiblen Person aber gewaltig unrecht. Sie reagiert nicht über. Sie reagiert – wie jedermann – auf das, was sie empfindet, was bei ihr ankommt und von ihr wahrgenommen wird. Das ist bei ihr nur eben deutlich mehr und in höherer Intensität vorhanden als bei anderen. Entsprechend fällt auch die Reaktion stärker aus.

Von einer Überreaktion kann hier aber nicht die Rede sein. Der HSM reagiert lediglich auf seine verschärfte Wahrnehmung. Dass seine Reaktion extremer ausfällt, macht ihn nicht zur Drama Queen. Es zeigt nur, dass die Reize um ein Vielfaches stärker bei ihm ankommen. Man sollte sich also sehr gut überlegen, ob man einen Menschen tatsächlich der Überreaktion bezichtigen möchte. Schließlich steckt man nicht in seiner „dünnen“ Haut.

Das Wichtigste in Kürze

- ✓ Je nach Art und Ausprägung der HS sind verschiedene Eigenschaften, Verhaltensweisen und Merkmale typisch. Dabei darf jedoch nicht vergessen werden, dass jeder HSM ein Individuum ist und sich dessen HS somit nicht zwangsläufig anhand einer Liste gängiger Charakteristika erkennen lässt.
- ✓ Typisch für viele HSM sind zum Beispiel ein starker Gerechtigkeitssinn, eine Menge Empathie, große Kreativität, tiefe Naturverbundenheit und eine beeindruckende Wortgewandtheit.
- ✓ HSM reagieren nicht über, auch wenn dies von Außenstehenden oft so wahrgenommen wird. Sie reagieren unter Umständen schneller und heftiger, weil sie einfach mehr und intensiver wahrnehmen.

Kapitel 4: Hochsensibilität im Laufe des Lebens

Die Tatsache, dass HS höchstwahrscheinlich zu einem nicht vernachlässigbaren Teil erblich bedingt ist, bedeutet, dass die meisten HSM schon von Geburt an hochsensible Züge zeigen. Wie wichtig es ist, HS möglichst frühzeitig zu erkennen, und wie die Entwicklung für gewöhnlich verläuft, bringt dieses Kapitel zum Ausdruck.

HS bei Kindern erkennen - eine unvergleichliche Chance

Menschen, die mit dem Persönlichkeitsmerkmal HS geboren werden, fühlen sich oft schon in Kindertagen irgendwie „anders“. Sie bemerken, dass sich ihre und die Reaktionen ihrer Mitmenschen unterscheiden, wissen aber meistens nicht, wie sie ihre Beobachtungen in Worte fassen und ihren Eltern verständlich machen sollen. Entsprechend fällt es in den Aufgabenbereich der Eltern, ihre Kinder aufmerksam zu beobachten und eine eventuelle HS zu erkennen. Vielleicht fragst du dich jetzt, ob es nicht besser wäre, das Ganze einfach auf dich zukommen zu lassen – wenn dein Kind hochsensibel ist, wird sich das schon irgendwann herausstellen.

In der Folge würde dein Kind aber – falls es denn hochsensibel ist – jahrelang „ganz normal“ aufwachsen, sich vergleichen und anders fühlen, aber nicht wissen, woher dieses Gefühl des Andersseins kommt. HS früh zu erkennen ist eine unvergleichliche Chance. Wenn du weißt, dass und inwiefern dein Kind hochsensibel ist, kannst du individuell darauf eingehen und deinem Kind schon im jungen Alter zeigen, wie es selbst mit seiner HS umgehen kann. Du kannst ihm sein besonderes Persönlichkeitsmerkmal altersgerecht begreiflich machen und ihm gesunde, effektive Methoden beibringen, mit denen es sein Wohlbefinden steigern kann.

Auf diese Weise gibst du deinem Kind etwas von unschätzbarem Wert mit auf den Weg: die Fähigkeit, seine spezielle Eigenschaft zu akzeptieren und bestmöglich damit umzugehen.

HS vom Säugling bis zum „Pubertier"

Aber wie erkennt man HS nun eigentlich? Zunächst sei gesagt: Die „Symptomatik" von hochsensiblen Kindern lässt sich nicht pauschal abbilden. Verschiedene Betroffene zeigen unterschiedliche Symptome in verschiedenen Kombinationen und Ausprägungen. Diese Erkennungszeichen sind typisch für hochsensible Kinder in den einzelnen Altersstufen:

Säuglinge und Babys

Säuglinge und Babys können noch nicht sprechen. Sie haben daher nur sehr begrenzte Möglichkeiten, ihr Befinden zum Ausdruck zu bringen. Das Erkennen der HS stellt bei den „Kleinsten" daher eine echte Herausforderung dar und verlangt viel Feingefühl sowie „Know-How". Diese Anzeichen weisen auf die Hochsensibilität in:

Häufiges Schreien ohne erkennbaren Auslöser

So manche Elternpaare können ein Lied davon singen: Das Baby schreit und schreit und schreit. Man füttert es, wiegt es im Arm, singt ihm etwas vor, unternimmt einen zweiten Fütterungsversuch, gibt ihm den Schnuller, legt es ins Bettchen, holt es wieder heraus – nichts unterbricht das Schreien, das von Minute zu Minute belastender und irgendwann schier unerträglich wird. Das Schreien allein ist nicht als Anzeichen für eine vorhandene HS zu werten. Tatsächlich schreien hochsensible Babys aber tendenziell häufiger als normalsensible Altersgenossen. Das liegt daran, dass sie in ihrem zarten Alter schon mehr wahrnehmen als andere und entsprechend mehr Gründe dafür haben, in der einzig wirkungsvollen Weise zu reagieren, die sie kennen.

Negative Reaktionen auf sensorische Reize

Während sich die emotionale und kognitive HS kaum im Säuglingsalter erkennen lässt, beobachten Eltern von hochsensiblen Babys hauptsächlich starke negative Reaktionen auf sensorische Reize. Diese tauchen typischerweise in folgenden Situationen auf:

- Beim Schneiden der Finger- und Zehennägel
- Beim An- und Ausziehen von Windeln und Kleidung
- Beim Hautkontakt mit Wasser
- Beim An- und Ausschalten von Licht
- Beim Kämmen der Haare

Leichte Schmerzreize, die normalsensible Babys höchstens kurz stutzen lassen, werden von hochsensiblen Säuglingen ebenfalls stärker wahrgenommen, was eine deutlichere Reaktion zur Folge hat.

Positive Reaktionen auf sensorische Reize

Auf der anderen Seite zeigen hochsensible Säuglinge auch vermehrt positive Reaktionen auf sensorische Stimuli. Ein buntes Mobile betrachten sie minutenlang staunend, das Gesicht oder der Geruch der Bezugsperson kann sie im Bruchteil einer Sekunde beruhigen und melodische Musik bringt sie zum aufmerksamen Zuhören. Sie genießen für sie angenehme Geschmäcker, Gerüche, Geräusche und andere Sinneseindrücke sicht- und spürbar.

Kleinkinder

Ab der Vollendung des ersten bis zum Beginn des vierten Lebensjahres werden kleine Menschen als Kleinkinder bezeichnet. Das Kleinkindalter ist eine besonders aufregende Zeit – sowohl für das Kind als auch für dessen Eltern. Der Alltag ist oft turbulent, es wird ausprobiert, getestet und vor allem ganz viel Neues gelernt. Die HS kann sich dabei wie folgt bemerkbar machen:

„Trotzreaktionen“

Die umgangssprachliche „Trotzphase“ ist der Albtraum vieler Eltern. Sie müssen erleben, wie sich ihr kleiner Engel zeitweise in ein Monster verwandelt, das sich absolut unlogisch verhält, nicht zu einer vernünftigen Kommunikation bereit ist und dafür sorgt, dass die grauen Haare nur so sprießen. Eine besonders ausgeprägte Trotzphase kann auf HS hindeuten. Hochsensible Kleinkinder fühlen sich angesichts der Reize und neuen Erfahrungen, die sich ihnen tagtäglich bieten, schnell überfordert. Sie verhalten sich aus der Perspektive des Außenstehenden irrational, reagieren aber eigentlich nur auf das Übermaß an Einflüssen, dem sie sich nicht entziehen und mit dem sie nicht umgehen können. Sie werden häufig missverstanden und in Momenten, in denen sie eigentlich Verständnis und liebevolle Zuwendung bräuchten, fälschlicherweise mit Strenge gestraft.

Fremdeln

Das Kind, das sich wortwörtlich an Mamas Rockzipfel hängt und hinter Papas Beinen versteckt, wenn man im Supermarkt auf Bekannte trifft, ist möglicherweise hochsensibel. Kinder mit dem Merkmal HS zeigen sich Fremden gegenüber vermehrt zurückhaltend oder sogar ängstlich. Sie wollen nicht von diesen angefasst werden und versuchen manchmal sogar, sich deren Blick zu entziehen.

Angst vor Veränderungen

Die klassische Riesen-Herausforderung für ein hochsensibles Kind ist der erste Tag im Kindergarten. Hochsensible Kinder tun sich generell schwer mit Veränderungen. Dazu gehören neue Umgebungen und neue Menschen in ihrem Umfeld genauso wie neue Gerüche, neue Geräusche und neue Geschmäcker. Ein hochsensibles Kind möchte für gewöhnlich weder eine Banane probieren, wenn es bisher nur Äpfel und Erdbeeren kannte, noch eine neue Geschichte hören, wenn Mama stattdessen zum hundertsten Mal das altbekannte Buch vorlesen kann.

Klammern und Trennungsängste

Viele hochsensible Kinder entwickeln überdurchschnittlich starke Bindungen an ihre Bezugspersonen und trennen sich nur ungern von diesen. Auch Stofftiere, die sie schon lange begleiten, werden nur unter Protest aus der Hand gelegt. Sowohl die Eltern als auch der Teddybär geben dem hochsensiblen Kind nämlich Sicherheit. Es sind Personen und Dinge, deren Aussehen, Haptik und Geruch wohlbekannt ist, und die sich mit einem Anker vergleichen lassen, der das Kleinkind erdet und ihm ein Gefühl von „Alles ist/wird gut" vermittelt.

Spaß an Kunst und Musik

Hochsensible Kinder sind in der Mehrzahl kleine Künstler. Sie kritzeln unermüdlich, erfreuen sich an Musik und entwickeln oftmals eine Meinung zu ihren eigenen Zeichnungen und Liedern, die ihnen vorgespielt werden. Sie müssen nicht lange überlegen, wenn man sie nach ihrer Lieblingsfarbe fragt, und lernen Liedtexte im Handumdrehen auswendig.

Interesse an Natur und Tierwelt

Bei manchen hochsensiblen Kindern ist daneben ein gesteigertes Interesse an der Natur und der Welt der Tiere zu beobachten. Sie geben sich nicht lange damit zufrieden, auf die Frage „Was ist das?“ die Antwort „ein Baum“ oder „eine Blume“ zu erhalten. Sie wollen genau wissen, um welche Pflanze es sich da handelt, und interessieren sich nicht nur dafür, welches Geräusch die Kuh macht, sondern auch für deren Futter, deren Familie, deren Schlafgewohnheiten und deren Zuhause. Sie halten sich gerne in der Natur auf und begeben sich auf Entdeckertour. Wird ihnen der Wunsch nach einem Haustier erfüllt, kümmern sie sich – im Rahmen der altersspezifischen Möglichkeiten – zuverlässig darum und bauen zügig eine starke emotionale Bindung zu ihrem neuen Mitbewohner auf.

Ohren- und Kopfschmerzen

Ärzte und Eltern beobachten vermehrt, dass Kinder, die später als hochsensibel eingestuft werden, schon in den ersten Jahren überdurchschnittlich häufig über Ohren- und Kopfschmerzen klagen.

Kinder der Altersstufe 4 bis 12

Die Altersspanne von vier bis zwölf ist natürlich riesig. Die Entwicklung, die ein Kind in dieser Zeit durchläuft, kann durchaus als gewaltig eingestuft werden, dennoch lassen sich Anzeichen festmachen, die innerhalb dieser Spanne unabhängig vom genauen Alter für HS sprechen können:

Nachdenklichkeit

Dein Kind denkt viel nach, ist häufig regelrecht in Gedanken versunken und beschäftigt sich mit Dingen, die andere schon längst vergessen hätten? Dann ist dies unter Umständen als Hinweis auf eine HS zu werten. Ein Teil der Gedanken befasst sich in der Regel damit, was andere wohl von einem selbst halten.

Betroffenheit

Der Streit mit einem Freund, der Tod des geliebten Haustiers, das Vergessen der Hausaufgaben und die verpeilte Verabredung – das alles kann ein hochsensibles Kind sehr betroffen machen. Es hat länger daran zu kauen als normalsensible Gleichaltrige und kommt nur schwer und langsam darüber hinweg.

Viel Fantasie

Fragt man einen hochsensiblen Sechsjährigen, ob er schon einmal ein Einhorn gesehen hat, antwortet er möglicherweise: „Klar, zwei leben bei meiner Oma im Garten. Sie heißen Winny und Franny, und sie fressen nur Haselnüsse." Manchmal geht die Fantasie eben mit diesen Kindern durch. Sie sind mit einer unglaublichen Vorstellungskraft ausgestattet und erkennen die Grenzen des Möglichen nicht immer zuverlässig.

Schwierigkeiten bei Entscheidungen

Eine simple Frage, zum Beispiel „Willst du das rote oder das grüne T-Shirt anziehen?", kann bei einem hochsensiblen Kind einen enormen Denkprozess auslösen. Es lebt ständig mit der Furcht, eine falsche Entscheidung zu treffen, und kann deshalb kaum spontan entscheiden.

Sorge

Manche hochsensiblen Kinder machen sich extrem viele Sorgen. Selbst eine Vierjährige kann sich um den Gesundheitszustand von Opa sorgen, wenn sie Gesprächsfetzen oder Verhaltensweisen aufschnappt, die dies aus ihrer Perspektive rechtfertigen. Oftmals wird auch übermäßig und sorgenreich in die Zukunft gedacht: Denkt Tante Emma daran, mich morgen von der Schule abzuholen? Was ist, wenn sie es vergisst? Werde ich allein dastehen? Oder werden die älteren Schüler mich auslachen, wenn sie Schulschluss haben und mich einsam auf dem Pausenhof entdecken? Kann ich nach Hause laufen? Was ist, wenn es regnet? 99 % dieser Sorgen erweisen sich im Nachhinein als überflüssig, was aber nicht dazu führt, dass sich Kinder mit dem Merkmal HS zukünftig weniger Sorgen machen. Die aktuellen Sorgen scheinen stets absolut logisch und gerechtfertigt zu sein.

Harmoniebedürftigkeit

Wenn die Eltern streiten, der beste Freund sauer ist oder die Lehrerein ihrem Ärger Luft macht, ist das für hochsensible Kinder für gewöhnlich schwer zu ertragen. Sie sehnen sich nach Harmonie und stellen ihre Bedürfnisse gerne hinten an, wenn dies zu einer harmonischeren Atmosphäre beiträgt.

Bedürfnis nach Rückzug

Gerade nach stressigen, aufwühlenden Situationen suchen hochsensible Kinder den Rückzug und die Stille. Sie müssen sich regenerieren, eine Weile mit sich allein sein und Abstand gewinnen, bevor sie sich neuen reizreichen Situationen aussetzen können.

Konzentrationsprobleme

Geht es um die Erledigung der Hausaufgaben, das Aufpassen im Unterricht oder das Ausüben eines anspruchsvollen Hobbys, erscheinen hochsensible Kinder manchmal unkonzentriert. Das liegt keinesfalls an einer mangelnden Bereitschaft zur Konzentration - vielmehr ist das Licht zu hell, der Tageslichtprojektor zu laut oder der Sitznachbar zu unruhig. Sensorische Stimuli können schnell von dem Ablenken, was eigentlich im Fokus stehen sollte.

Jugendliche ab 13

Mindestens genauso gefürchtet wie die Trotzphase, ist die Pubertät. Diese beginnt natürlich nicht bei jedem Kind exakt ab dem 13. Lebensjahr. Da wir an dieser Stelle aber einen Anhaltspunkt dafür finden müssen, nennen wir die grobe 13. Sämtliche zuvor beschriebenen Symptome können in diesem Alter noch immer auftreten und auf die HS hinweisen. Hinzu kommen folgende Anzeichen:

Starkes Hinterfragen

Warum schleppt mich Mama jeden Sonntag zur Kirche? Was genau soll mir Mathe für mein Leben bringen? Ist es in Ordnung, Fleisch zu essen? Wann muss ich mich zur Wehr setzen und wann gebe ich lieber klein bei? Sind alle Lehrer Vorbilder? Muss ich wirklich jeden einzelnen Wochentag zur Schule gehen? Wird unser Planet noch lange genug existieren, damit meine Kinder auf ihm aufwachsen können? Will ich überhaupt Kinder haben? Das sind Beispiele für Fragen, die sich hochsensible Jugendliche noch mehr als ihre normalsensiblen Mitschüler stellen.

Als Eltern möchte man prinzipiell mit Rat und Tat zur Seite stehen, aber gerade, wenn es um Gewalt, Sex und ähnlich brisante Themen geht, spüren diese Jugendlichen die Anspannung der Eltern sehr genau. Sie grübeln daher lieber für sich allein als Mama oder Papa anzusprechen. Zum einen ist dies der Scham und dem Abnabelungsprozess geschuldet, der diese Altersstufe prägt. Zum anderen nehmen hochsensible Kinder aber sehr genau wahr, wie offen ihre Bezugspersonen tatsächlich im Hinblick auf die jeweilige Thematik sind. Wer niemals über Sex spricht, Streitigkeiten für gewöhnlich unter den Teppich kehrt und den schönen Schein wahrt, darf sich nicht wundern, wenn sein hochsensibles Kind lieber für sich im Stillen, im Freundeskreis oder online hinterfragt.

Kreativität

Im Jugendalter erlebt die Kreativität oftmals einen gewaltigen Schub. Es werden Gedichte und Songtexte geschrieben, Instrumente gelernt und Gemälde mit tiefsinniger Aussagekraft angefertigt. Die Kunst gibt hochsensiblen Jugendlichen die Möglichkeit, ihre rege Gefühlswelt zum Ausdruck zu bringen, ohne ein direktes Wort aussprechen zu müssen.

Vielschichtige Gedankenwelt

Wie bereits angesprochen, machen sich hochsensible Jugendliche besonders viele Gedanken. Zudem zeichnet sich ihre Denkweise häufig durch eine überdurchschnittliche Vielschichtigkeit aus. Sie denken weiter, ziehen Verbindungen und kommen zu Schlussfolgerungen, denen man als Elternteil manchmal nicht mehr so ohne Weiters folgen kann. Das macht das Denken der Jugendlichen mit HS nicht weniger logisch oder zielführend, sondern einfach nur umfassender und weitgreifender. Hier ist es an den Eltern, sich darauf einzulassen und von ihren Kindern zu lernen.

Ausgeprägter Gerechtigkeitssinn

Viele HSM entwickeln in der Pubertät einen ausgeprägten Gerechtigkeitssinn. Sie kreieren ihre ganz persönliche Moralvorstellung und möchten nicht mehr davon abweichen. Während Gleichaltrige sich leicht beeinflussen lassen und wie das „Fähnchen im Winde" von einer Haltung zu nächsten treiben, wissen sie sehr genau, was aus ihrer individuellen Perspektive richtig und falsch ist.

Selbstkritik

Ich bin zu dumm, zu dünn, zu dick, zu „Nerd", zu arm, zu reich, zu bemüht, zu faul oder zu langweilig – hochsensible Jugendliche gehen äußerst scharf mit sich ins Gericht und können es sich selbst nur schwer recht machen. Sie üben harsche Kritik an ihrer Person, ihren Fähigkeiten und ihren Leistungen und können sich manchmal gar nicht zufriedenstellen, ganz egal was sie tun.

Kritikunfähigkeit

Im Gegensatz dazu reagieren sie sehr empfindlich auf Kritik von außen. Wenn sie von Lehrern, Freunden oder Eltern kritisiert werden, empfinden sie Wut, Scham, Trauer und Enttäuschung in hohem Maße. Das hängt unter anderem mit ihrem instabilen Selbstbild zusammen. Wer sich selbst schon ständig kritisiert, braucht Bestätigung und nicht noch mehr Kritik. Diese wird zudem fast immer persönlich genommen. Ein HSM im Jugendalter kann sich kaum von kritischen Äußerungen, die auf ihn abzielen, distanzieren.

HS Selbsttest - ist dein Kind hochsensibel?

Die zentrale Frage, auf die du dir von diesem Buch eine Antwort erhoffst, lautet: Ist mein Kind hochsensibel? Leider kann ein informatives Buch keine verlässliche „Ferndiagnose“ stellen. Das wäre schlicht und einfach unseriös und würde zwangsläufig mit einer hohen Fehlerquote einhergehen.

Allerdings können wir uns gemeinsam einer Antwort annähern. Als Elternteil gehörst du schließlich zu den Menschen, die am meisten Zeit mit deinem Kind verbringen, es in den verschiedensten Situationen beobachten und es letztendlich am besten kennen. Wer wäre also geeigneter als du selbst, wenn es darum geht, dein Kind auf der „Sensibilitäts-Skala“ einzustufen?

Wie du weißt, ist HS keine Krankheit, sondern ein Persönlichkeitsmerkmal, eine besondere Eigenschaft. Entsprechend gibt es keine ärztlich attestierte Diagnose, welche die HS quasi sicher bescheinigen kann. Es gilt im ersten Schritt, herauszufinden, ob dein Kind tendenziell Anzeichen für eine vorhandene HS aufweist. Um dem auf den Grund zu gehen, sehen wir uns einige spezifische Fragen an.

Versuche, dir bei deren Beantwortung Zeit zu lassen und ehrlich zu antworten. Bist du dir an der ein oder anderen Stelle unsicher, kann es helfen, andere Personen, die deinem Kind nahestehen – zum Beispiel Erzieher, Lehrer, den Partner oder die Großeltern – miteinzubeziehen. Deren Erleben des Verhaltens deines Kindes zu berücksichtigen, ist generell zu empfehlen. Los geht’s:

1	War oder ist dein Kind ein Baby, das überdurchschnittlich viel geschrien hat oder schreit?	
2	Hat dein Kind einen leichten Schlaf?	
3	Reagiert dein Kind empfindlich auf Kleidung, zum Beispiel auf kratzige oder sehr feine Stoffe auf der Haut, nicht optimal passende Schuhe oder Hosen mit engem Bund?	
4	Leidet dein Kind häufig unter Bauchschmerzen, Ohrenweh oder Kopfschmerzen?	
5	Fällt es ihm schwer, mit Veränderungen umzugehen?	
6	Empfindet dein Kind besonders stark über die fünf Sinne? Nimmt es Gerüche zum Beispiel sehr intensiv oder Geräusche außerordentlich laut wahr?	
7	Verfügt dein Kind über einen Wortschatz, der den von Gleichaltrigen übersteigt?	
8	Stellt dein Kind viele Fragen? Hinterfragt es dabei auch Themen, an die Gleichaltrige nicht unbedingt denken, wie zum Beispiel den Tod, Gott oder den Sinn des Lebens?	
9	Zeigt sich dein Kind nach Situationen, in denen es vielen Reizen ausgesetzt war, müde, konzentrationslos und fast schon abwesend?	
10	Verfügt es über ein starkes Schamgefühl, das manchmal schon durch Kleinigkeiten hervorgerufen werden kann?	
11	Würdest du das Harmoniebedürfnis deines Kindes als hoch bewerten?	
12	Fällt es ihm schwer, Kritik von außen einzustecken, obwohl es mitunter äußerst selbstkritisch ist?	
13	Hat dein Kind eine beeindruckend klare Vorstellung von richtig und falsch? Strebt es nach Gerechtigkeit?	
14	Verfügt es über eine ausgeprägte kreative Ader?	

15	Saugt dein Kind neues Wissen geradezu in sich auf und kann selbstständig verblüffende Zusammenhänge herstellen?	
16	Befindet sich dein Kind manchmal, zum Beispiel beim Spielen mit sich selbst, in seiner „eigenen Welt“ und scheint die Realität dabei zu vergessen?	
17	Fällt dir bei deinem Kind eine ausgeprägte Empathie auf? Kann es beispielsweise die Gefühle anderer gut einschätzen und leidet oft mit anderen Lebewesen?	
18	Bringt dein Kind ein scheinbar angeborenes Gefühl für Rhythmus und Musik mit?	
19	Beobachtest du bei ihm von Zeit zu Zeit Anzeichen einer plötzlichen Unterzuckerung, zum Beispiel Schwächeanfälle, Konzentrationsprobleme oder Heißhungerattacken?	
20	Tritt dein Kind im Umgang mit Gleichaltrigen, also beispielsweise im Kindergarten oder in der Schule, eher als Einzelgänger auf?	

Du ahnst es wahrscheinlich schon: Je mehr dieser Fragen du mit einem „Ja“ beantwortet hast, desto wahrscheinlicher gehört dein Kind zu den HSM. Trotzdem widmen wir uns der Auflösung beziehungsweise Auswertung des Tests etwas genauer:

Zwischen **0- und 7**-mal „Ja“

Wenn du bis zu sieben der Fragen bejaht hast, ist die Wahrscheinlichkeit einer HS bei deinem Kind als gering zu beurteilen. Es mag zwar die ein oder andere Verhaltensweise zeigen, die auf eine HS hindeuten könnte, befindet sich aber überwiegend im normalsensiblen Bereich. Um eine bestehende HS brauchst du dir eigentlich keine Sorgen zu machen.

Zwischen **8- und 14**-mal „Ja“

Dein Kind zeigt Verhaltensweisen, die als Hinweis auf eine HS zu werten sind. Zwar hast du längst nicht alle Fragen mit „Ja“ beantwortet, doch einige Anzeichen einer HS scheinen gegeben zu sein. Wenn du den Test bisher allein bearbeitet hast, bietet es sich nun an, ein bis zwei weitere Personen, die das Verhalten deines Kindes einschätzen können, hinzuzuziehen und den Test zu wiederholen.

Über 14-mal „Ja“

Wenn mindestens 14 der 20 Fragen mit einem klaren „Ja“ beantwortet wurden, sind bei deinem Kind sicherlich hochsensible Tendenzen vorhanden. Auch in diesem Fall empfiehlt es sich, das Ergebnis anhand einer Zweit- und Drittmeinung zu überprüfen. Zudem gilt: Jetzt bloß nicht in Panik ausbrechen! Dazu gibt es keinen Grund. Im weiteren Verlauf dieses Buches erfährst du, wie du und dein Kind mit der HS umgehen könnt und welche weiteren Schritte sich als hilfreich erwiesen haben.

Wichtiger Hinweis: Dieser Test ist keinesfalls als Ersatz für eine psychologische Einschätzung zu verstehen. Er soll dir lediglich einen Anhaltspunkt geben und grundlegend klären, ob dein Kind womöglich von HS betroffen sein könnte.

Das Wichtigste in Kürze

- ✓ HS bei einem Kind zu erkennen, ist nicht immer einfach, aber unglaublich wichtig. Nur wenn das Kind als HSM erkannt wird, kann es entsprechend gefördert werden und lernen, angemessen mit seinem besonderen Persönlichkeitsmerkmal umzugehen.
- ✓ Bei Babys ist die HS besonders schwer zu erkennen. Häufiges Schreien, starke Reaktionen auf sensorische Stimuli – sowohl im positiven als auch im negativen Sinne - sowie heftige Reaktionen auf Schmerzreize können als Anzeichen gewertet werden.
- ✓ Für hochsensible Kleinkinder sind eine ausgeprägte Trotzphase, starkes Fremdeln und Klammern, Trennungsängste, ein großes Interesse an der Natur und an Tieren, die Angst vor Veränderung und häufig auftretende Ohren- und Kopfschmerzen typisch.
- ✓ Bei Kindern zwischen vier uns zwölf Jahren sprechen mitunter ein erhöhtes Bedürfnis nach Harmonie und Rückzug, Nachdenklichkeit, schnelle und langanhaltende Betroffenheit, viele Sorgen, eine ausgeprägte Fantasie und leichte Ablenkbarkeit durch sensorische Stimuli für eine bestehende HS.
- ✓ Im Jugendalter macht sich die HS in vielen Fällen besonders deutlich bemerkbar. Hochsensible Jugendliche hinterfragen sehr viel, bilden ihre eigene, starke Moralvorstellung, grübeln häufig und üben harte Selbstkritik, während sie auf Kritik von außen mit starken negativen Gefühlen reagieren.
- ✓ Ein Selbsttest, wie er in diesem Kapitel zu finden ist, kann einen ersten Anhaltspunkt dazu liefern, ob hochsensible Tendenzen bei dem jeweiligen Kind vorliegen.

Kapitel 5: Umgang mit einem hochsensiblen Kind

Dieses Kapitel läutet den zweiten großen Teil dieses Buches ein. Es geht nun nicht mehr um die HS an sich und auch nicht mehr um die Frage, ob dein Kind hochsensibel ist. Von nun an befassen wir uns mit dem „Danach“. Was tun, wenn das eigene Kind hochsensibel ist? Wie kann man als Elternteil damit umgehen? Wie schafft man es, seinem Kind den bestmöglichen Umgang mit seiner speziellen Eigenschaft zu vermitteln? Und sollte man ihm überhaupt sagen, dass es hochsensibel ist? Das alles sind Fragen, die im Zentrum dieses und der drauf folgenden Kapitel stehen. Du darfst also gespannt sein.

Kein Platz für HS: Die Folgen von Ignoranz und Nicht-Berücksichtigung

Auf die Erkenntnis, dass das eigene Kind hochsensibel ist, reagieren manche Eltern mit einem Schutzmechanismus. Anstatt sich noch intensiver mit der HS auseinanderzusetzen und sich darum zu bemühen, ihrem Kind den Weg zu ebnen, gehen sie in die Verleugnung. Sie suchen online nach Beweisen dafür, dass die HS eigentlich gar nicht existiert, suchen Gründe, die es ihnen erlauben, „ganz normal“ weiterzumachen und bedienen sich zur Not auch einer Schaufel, wenn der Besen nicht reicht, um die Sache unter den Teppich zu kehren und in Vergessenheit zu bringen.

Einerseits ist das natürlich verständlich. Jeder Elternteil möchte nur das absolut Beste für sein Kind. Er möchte es beschützen und erträumt sich eine wundervolle Zukunft für seinen Sprössling. Die HS passt da oftmals nur schwer ins Bild. Andererseits muss ganz klar betont werden, dass man seinem Kind keinen Gefallen tut, indem man sein spezielles Persönlichkeitsmerkmal unbeachtet lässt. Die HS geht nicht weg, nur weil man nicht auf deren Feststellung reagiert.

Das Kind ist hochsensibel und bleibt es. Und es wird es seinen Eltern später nicht danken, dass diese es vor einer seiner eigenen Eigenschaften bewahren wollten. Auch wenn dies in aller Regel mit den besten Absichten geschieht.

Der einzig richtige Weg ist ein offener Umgang mit der und Akzeptanz für die HS. Als Elternteil musst du verstehen, dass dieses Persönlichkeitsmerkmal dein Kind sein Leben lang begleiten wird. Du kannst es nicht ausradieren, nicht ungeschehen machen oder vertreiben. Du musst es annehmen, denn nur so besteht die Chance, dass dein Kind es ebenfalls akzeptieren und einen gesunden Umgang mit sich selbst und seinen besonderen Bedürfnissen erlernen kann.

Du solltest erkennen, dass du dein Kind nur auffangen kannst, indem du die HS in dein Leben lässt – denn genau dort ist dein Kind. Es ist dort und es ist selbst (noch) nicht in der Lage dazu, seine HS zu erkennen. Das bedeutet aber nicht, dass es sie nicht tagtäglich spürt. Es vergeht kein Tag, an dem dein Kind nicht von den Auswirkungen der HS beeinflusst wird. Wenn es nun schon im jungen Alter lernt, richtig damit umzugehen, stehen ihm alle Türen offen. Es wird „Aha-Erlebnissen" beiwohnen, endlich verstehen können, warum es sich in verschiedenen Situationen „anders" fühlt und verhält und bekommt die Möglichkeit, Frieden mit sich zu schließen und zu deutlich mehr Ruhe zu finden.

Wenn seine Besonderheit aber ignoriert wird, sind es gerade die Eltern, die von der HS wissen und diese nicht berücksichtigen wollen, die so manche Tür laut zuknallen. In der Folge bleibt das Kind im Ungewissen. Es ist unverändert hochsensibel, bekommt aber nicht die Unterstützung, die es an dieser Stelle benötigt. Als Erwachsener zu erfahren, dass man hochsensibel ist, stellt für viele Betroffene keine Belastung, sondern eine Erleichterung dar. Hinter ihnen liegen Jahre des Selbstzweifels, der Selbstkasteiung und des ständigen Fragens danach, was sie von anderen unterscheidet. Dann lernen sie die HS kennen, können sich damit identifizieren und wissen plötzlich, dass sie nicht „schlechter", „weniger diszipliniert" oder „komisch" sind – sie sind einfach nur sensibler. Und sie fragen sich, wie ihr Leben wohl gelaufen wäre, wenn sie schon früher davon gewusst und somit die Chance bekommen hätten, rücksichtsvoller, kompetenter und gesünder mit sich selbst umzugehen. Viele der HSM, die sich ihrer HS erst im Erwachsenenalter bewusst werden, wünschen sich sicherlich, dass die Thematik schon in ihren Kindertagen öffentliche Aufmerksamkeit genossen hätte.

Noch vor 20 Jahren hatten 99 % der Eltern nämlich gar nicht das nötige Hintergrundwissen, um ein hochsensibles Kind als solches zu erkennen. Mehr noch: Sie hatten noch nicht einmal von Hochsensibilität gehört. Heute ist das glücklicherweise anders. Die HS hat an Bekanntheit gewonnen und lauert nicht mehr im Dunkeln, sondern steht im hellen Tageslicht. Eltern bekommen dadurch die wertvolle Möglichkeit, ihre Kinder im Hinblick auf dieses Persönlichkeitsmerkmal zu betrachten und – im Falle eines Vorliegens – so zu reagieren, dass sie ihren Schützlingen auf fundierte, sachkundige Weise unter die Arme greifen können. Eine Gelegenheit, die du zum Wohle deines Kindes nicht versäumen solltest.

HS erklären - aber wie?

Nun ist man an dem Punkt, an dem man weiß, dass das Kind hochsensibel ist, und beschlossen hat, offen damit umzugehen. Aber wann und wie spricht man seinen Nachwuchs am besten auf die Thematik an? Vorweg sei gesagt, dass es wenig Sinn ergibt, Kinder im Alter unter vier Jahren mit ihrer HS zu konfrontieren. Sie können nicht verstehen, was damit gemeint ist, und landen so schnell in einer Überforderung. Wenn dein Kind also unter vier Jahre alt ist, solltest du noch abwarten. Ab vier Jahren kommt es dann ganz auf die individuelle kleine Person an. Hier kannst du deinen Instinkten als Elternteil vertrauen. Du selbst kannst am besten beurteilen, ob dein Kind weit genug ist, um von seinem Wissen über die HS profitieren zu können. Ist der Moment gekommen, gilt es, die Sache möglichst geschickt anzugehen. Folgende Punkte sollten dabei beachtet werden:

✓ Der Zeitpunkt

Dein Kind sollte nicht zwischen Tür und Angel auf die HS angesprochen werden. Wähle einen Zeitpunkt, der es euch beiden erlaubt, ein – je nach Alter mehr oder weniger – ausführliches Gespräch zu führen. Dein Kind sollte ausgeglichen sein und nicht etwa gerade aus einer reizstarken Situation kommen.

✓ Die Atmosphäre

Schaffe eine ruhige, angenehme und entspannte Atmosphäre. Das Gespräch sollte an einem Ort stattfinden, den dein Kind gut kennt und an dem es sich wohlfühlt. Das kann zum Beispiel das Kinderzimmer, das Wohnzimmer oder der Garten sein. Stelle Getränke bereit und richte eine Sitzgelegenheit her, auf der ihr beide es euch bequem machen könnt.

✓ Die Wortwahl

„Nils, du bist hochsensibel" – so eröffnet man ein aufklärendes Gespräch mit einem jungen HSM nicht. Du solltest nicht mit der Tür ins Haus fallen. Besser ist es, mit verständlichen Fragen zu beginnen. Hat dein Kind beispielsweise schon einmal geäußert, sich anders zu fühlen, kannst du dies als wunderbaren Aufhänger verwenden. Oder du fragst: Hast du das Gefühl, schnell überfordert zu sein? Fühlst du dich manchmal unwohl? Wann fühlst du dich unwohl? Welche Situationen belasten dich? Wie ging es dir beim turbulenten Kindergeburtstag von deinem Kumpel Marc letzte Woche? Weißt du noch, als du so müde warst und dich gar nicht mehr konzentrieren konntest? Wie hast du dich da gefühlt? Fallen dir noch andere Momente ein, in denen es dir genauso ging?

So lädt man das Kind ein, aktiv ins Gespräch einzusteigen, anstatt als passiver Teilnehmer dazusitzen und nur zuzuhören, was Mama oder Papa zu sagen haben. Ist der Einstieg geschafft, darf das Wort Hochsensibilität ruhig in den Mund genommen und sehr klar benannt werden. Schließlich ist es weder Beleidigung noch Schimpfwort. „Weißt du, was Hochsensibilität ist?“ Diese Frage wird das Kind vermutlich mit „Nein“ beantworten. Trotzdem macht es Sinn, sie zu stellen. So weckt man die Neugier seines kleinen Gegenübers und wirkt nicht belehrend, sondern erklärend.

✓ Das Verständnis

Das Ziel des Gespräches ist es nicht, dein Kind zum HS-Profi zu machen. Im Zentrum steht sein Verständnis für seine besondere Eigenschaft. Es wird mit Sicherheit nicht bei diesem einen Gespräch bleiben, weshalb an dieser Stelle nicht alle Aspekte bis ins letzte Detail beleuchtet werden müssen. Im Nachgang wird sich dein Kind selbst Gedanken machen, sodass du es in einem zweiten Gespräch dazu auffordern kannst, seine konkreten Fragen, Bedenken und Sorgen mit dir zu teilen. In diesem ersten Gespräch solltest du dich darum bemühen, die HS möglichst unspektakulär und keineswegs gefährlich oder belastend wirken zu lassen.

Informiere dein Kind altersgerecht über die HS und darüber, dass es möglicherweise davon betroffen ist. Das Gespräch sollte genügend Raum für die Reaktion deines Kindes bieten, die ganz unterschiedlich ausfallen kann. Manche Kinder fragen direkt nach, wollen mehr wissen und nennen vielleicht sogar selbstständig Beispiele, die den Verdacht bestätigen. Andere ziehen sich sofort zurück und wollen nichts mehr hören. Auch das muss respektiert werden. Handle mit Ruhe, Gelassenheit und Bedacht. Wichtig ist, dass ihr euch in einem Tempo, das deinem Kind behagt, mit der Thematik auseinandersetzt. Das kann bedeuten, dass das erste Gespräch binnen einer Minute zu Ende ist oder aber zwanzig Minuten dauert. Es heißt, dass manche Kinder sofort begreifen, was ihnen da gesagt wird, während andere die Botschaft Schritt für Schritt verdauen müssen. Kurzum: Eine pauschal gültige Anleitung gibt es nicht. Versuche, mit Feingefühl an das Ganze heranzugehen und einen Weg zu finden, der der gesamten Persönlichkeit deines Kindes – nicht nur dem einzelnen Merkmal HS – entgegenkommt.

HS als Stärke – warum Hochsensibilität nichts Schlechtes ist

Dass HS eine Herausforderung darstellen und Betroffene belasten und einschränken kann, weißt du bereits. Was in diesem Buch dagegen bislang kaum eine Rolle gespielt hat, ist die positive Seite der HS. Ja, du hast richtig gehört: Hochsensibilität bringt auch positive Aspekte mit sich und kann als Stärke gewertet werden. Folgende Fähigkeiten und Eigenschaften, die sowohl persönlich als auch gesellschaftlich geschätzt werden, bringen HSM oft mit:

Kreativität

Die Kreativität wurde bereits mehrfach erwähnt. Auf den künstlerischen Gebieten, zum Beispiel in der Musik, den bildenden Künsten und dem Schauspiel, besitzen HSM klare Stärken. Oftmals schaffen es diese Menschen, ihre diesbezüglichen Kompetenzen später beruflich zu verwirklichen, und werden beispielsweise Musiker, Schriftsteller, Schauspieler oder Maler. Kreatives Schaffen erfüllt viele HSM mit einem Gefühl der Befriedigung. Hier können sie sich ausdrücken, ihre Gefühle und Empfindungen nonverbal zur Geltung bringen und ganz sie selbst sein.

Einfühlungsvermögen und Empathie

HSM können sich oft besonders gut in ihre Mitmenschen hineinversetzen, haben ein Gespür für deren Stimmungen und fühlen mit. Sie sind äußerst empathisch und pflegen entsprechend einen rücksichtsvollen Umgang mit den Menschen in ihrem direkten Umfeld. Manchmal geht ihre Empathie so weit, dass sie sogar mit Charakteren aus Büchern und Filmen fühlen. Hat man einen HSM zum Freund, weint und lacht man niemals allein.

Emotionale Intelligenz

Die emotionale Intelligenz spielt gerade im Berufsleben eine immer größere Rolle. So mancher Arbeitgeber konzentriert sich bei der Wahl seiner Mitarbeiter sogar vermehrt auf den EQ (Emotions-Quotienten) und stellt den IQ dem zugunsten hintenan. Ein emotional intelligenter Mensch ist empathisch, nimmt aber auch seine eigenen Emotionen sehr präzise wahr. HSM des emotionalen Typs sind oftmals geborene Profis auf diesem Gebiet.

Intensives Erleben

Visuelle Eindrücke, Geräusche, haptische Gefühle, Gerüche und Geschmäcker werden von HSM verstärkt und in sämtlichen Nuancen und Facetten wahrgenommen. Sie leben und erleben entsprechend intensiver, als es der Rest der Welt tut. Das macht sie zum einen zu hervorragenden Beobachtern, zum anderen beflügelt gerade dieses intensive Erleben ihre Kreativität und sorgt für kreativen Treibstoff, der „verbrannt" werden will.

Fantasie und Vorstellungskraft

Es gibt kaum etwas, das sich ein HSM nicht vorstellen kann. Er denkt häufig außerhalb der ausgetrampelten Pfade und blickt weit über den Tellerrand hinaus. Auf diese Weise findet er alternative Lösungsansätze und Betrachtungsweisen, mit denen er im beruflichen und privaten Kontext glänzen und sein Umfeld bereichern kann.

Sinn für Ästhetik

Viele HSM sind mit einem ausgeprägten Sinn für Ästhetik ausgestattet. Diesen können sie zum Beispiel als Designer, Innenausstatter, Modeberater, Dekorateur oder Künstler nutzen. Farben und Formen sowie deren Kombination lösen in HSM mitunter sehr eindeutige Reaktionen aus, die sie auf direktem Wege zur ästhetischsten Konstellation führen.

Kommunikationsgabe

Je nachdem, ob der HSM dem introvertierten oder extrovertierten Typus zuzuordnen ist, ist er mehr oder weniger kommunikativ. Beide Typen zeichnen sich aber durch eine enorme Kommunikationsgabe aus, auch wenn der extrovertierte Typ diese deutlich öfter einsetzt und zur Schau trägt. HSM besitzen einen riesigen Wortschatz, finden in vielen Situationen exakt die richtigen Worte und können ihre Zuhörer unter Umständen so gut unterhalten, dass diese ihnen am liebsten stundenlang lauschen würden.

Multiperspektivisches Denken

HSM nutzen für gewöhnlich nicht nur ihre eigene Perspektive, sondern schauen aus verschiedenen Blickwinkeln auf die Welt und auf einzelne Sachverhalte. Sie sehen daher Lösungen und Probleme, wo anderen nichts auffällt. Ganz einfach deshalb, weil sie parallel mehrere Ebenen in ihren Denkprozess miteinbeziehen und auffallend weitreichende Zusammenhänge knüpfen können.

Mediative Fähigkeiten

Manche HSM sind geborene Vermittler. Ihr Harmoniebedürfnis gepaart mit ihrer emotionalen Intelligenz macht sie zum perfekten Streitschlichter. Sie erfassen schnell die Sichtweisen und Stimmungen beider Kontrahenten und wissen, wie sie eine Übereinkunft gefühlvoll und effektiv einleiten können.

Bindungsbereitschaft

Einige HSM sind von Grund auf eher misstrauisch anderen Menschen gegenüber. Hat man sie aber erst einmal für sich gewonnen, sind sie bereit, eine tiefe, starke Bindung einzugehen.

Treue und Loyalität

Wer einen HSM zum Freund hat, kann sich selbst von dessen Treue und Loyalität überzeugen. HSM stehen zu ihrem Wort, unterstützen Menschen, die ihnen nahestehen, ohne „Wenn und Aber“ und sind zur Stelle, wenn man sie braucht.

Pflichtbewusstsein und Engagement

HSM gehören für gewöhnlich nicht zu den Menschen, die ihre Pflichten vernachlässigen. Sie gelten als äußerst zuverlässig und fallen immer wieder durch ihr großes Engagement auf. Wenn sie sich für eine Sache begeistern können, sind sie mit Herzblut dabei und bringen sich und ihre Fähigkeiten zu 100 % ein.

Moral und Werteempfinden

Moral ist für HSM kein Fremdwort. Im Gegenteil: Sie haben eine sehr genaue Vorstellung von „falsch“ und „richtig“ und entwickeln häufig schon frühzeitig ein feines Werteempfinden. Dieses kann, muss aber nicht mit den gesellschaftlichen Standards übereinstimmen. HSM setzen sich leidenschaftlich für Werte, die ihnen am Herzen liegen, ein und verfechten die Gerechtigkeit, wie sie ihrem Empfinden entspricht.

Intuition

Viele HSM verfügen über eine ausgeprägte und verlässliche Intuition. Wenn sie lernen, ihrem Bauchgefühl zu vertrauen, finden sie einen Wegweiser, der sie selbst in schwierigen Situationen nur selten im Stich lässt oder fehlleitet.

Zuhören und Verstehen

Das Zuhören und Verstehen liegt HSM im Blut. Durch ihre Empathie und ihre emotionale Intelligenz verstehen sie es, genau hinzuhören, ihrem Gegenüber den Raum zu geben, den dieser braucht, um sich auszudrücken, und alle Details im Redefluss wahrzunehmen. Sie achten dabei nicht nur auf die gesprochenen Worte, sondern auch sehr genau auf Mimik und Gestik. Oft werden sie so zum „Kummerkasten“ in ihrem Freundeskreis, an den man sich bei Problemen, Fragen und Sorgen als erstes wendet.

Vertiefen und Analysieren

Vor allem kognitiv hochsensible Menschen haben in der Mehrzahl Gedanken, die überdurchschnittlich tief gehen. Sie geben sich nicht mit dem Oberflächlichen zufrieden, sondern knüpfen Zusammenhänge, spinnen Gedankenstränge weiter als ihre Mitmenschen und analysieren diese im selben Zug auf verschiedenen Ebenen.

Selbstreflexion

Ihr eigenes Denken, Fühlen und Handeln reflektieren HSM gründlich. Genau wie sie ihre Umwelt intensiv und detailreich wahrnehmen, erleben und erforschen sie oftmals auch die eigene Person bis in den letzten Winkel. Das ist einer der Gründe, aus denen HSM gehäuft Selbstkritik üben. Schließlich kann man nur kritisieren, was man wahrnimmt, analysiert und bewertet. Die Gabe der Selbstreflexion ist wertvoller, als man auf Anhieb denken mag. Sie ermöglicht das Erlangen eines tiefgehenden Verständnisses für sich selbst und ebnet die Bahn für zielgerichtete persönliche Entwicklung und Optimierung.

Du siehst: HS ist nicht nur Fluch, sondern auch Segen. HSM haben entsprechend mit Einschränkungen und Schwierigkeiten zu kämpfen, besitzen aber auch wertvolle Stärken, die keinesfalls vergessen werden dürfen. Diese Erkenntnis solltest du als Elternteil eines hochsensiblen Kindes verinnerlichen. Mache dir bewusst, dass dein Kind „anders“, aber deshalb nicht „schlechter“ ist. Es ist nicht krank oder behindert, sondern einfach mit einem sehr speziellen Persönlichkeitsmerkmal ausgestattet, das seine Tücken und ganz eigenen Vorteile mit sich bringt.

Das Wichtigste in Kürze

- ✓ Liegt eine HS vor, tut man seinem Kind keinen Gefallen damit, dieses besondere Persönlichkeitsmerkmal unter den Teppich zu kehren und zu ignorieren. Das frühe Erkennen sollte unbedingt als Chance begriffen und vorteilhaft genutzt werden.
- ✓ Früher oder später muss das Kind mit dem Thema HS konfrontiert werden. Das erste damit einhergehende Gespräch sollte zum richtigen Zeitpunkt stattfinden, auf Verständnis abzielen und sich dem individuellen Tempo des Kindes anpassen.
- ✓ HS ist nicht nur Fluch, sondern auch Segen. Hochsensible Menschen besitzen ihre ganz eigenen Stärken, zu denen beispielsweise die emotionale Intelligenz, die Kreativität, die Kommunikationsgabe und das multiperspektivische Denken gehören.

Kapitel 6: Hochsensible Kinder bedürfnisorientiert begleiten und fördern

Eltern hochsensibler Kinder fühlen sich schnell hilflos. Sie erkennen die Andersartigkeit ihres Kindes, wissen aber nicht genau, wie sie damit umgehen können oder darauf reagieren sollen. Dieses Kapitel kannst du als groben Leitfaden verstehen. Es vermittelt dir verschiedene Punkte, die von essenzieller Bedeutung für das Zusammenleben mit und adäquate Großziehen von einem hochsensiblen Kind sind.

Was braucht mein hochsensibles Kind?

Eltern wollen nur das Beste für ihren kleinen Schützling. Aber was genau ist das Beste für ein hochsensibles Kind? Eine pauschale Antwort darauf gibt es nicht. Jedes Kind – egal ob hochsensibel oder nicht – ist ein Individuum. Es ist eine eigenständige, einzigartige Person mit einer ebenso einmaligen Persönlichkeit. Es ist daher unmöglich, zu sagen, was ein hochsensibles Kind braucht.

Beobachte deinen kleinen Liebling, sei achtsam und feinfühlig und probiere aus, was ihm guttut und was nicht. Dabei solltest du nicht vergessen, dass die alltägliche Interaktion mit Kindern immer ihre Probleme und weniger schönen Momente mit sich bringt. Auch Eltern normalsensibler Kinder hegen Selbstzweifel, stoßen an Grenzen, haben Konflikte zu ertragen und gehen keinen schnörkellosen Weg.

Erziehung ist keine einfache Sache, sondern ein Balanceakt. Natürlich stellt die Erziehung eines hochsensiblen Kindes eine besondere Herausforderung dar. Es ist aber eine Herausforderung, die du mit dem nötigen Hintergrundwissen, der Bereitschaft, dein Kind zu akzeptieren und von ihm zu lernen, sowie der grundsätzlichen Akzeptanz von Hürden und Schwachstellen meistern kannst.

Verstehen und Verständnis vermitteln

Je nach Altersstufe und nachdem, inwiefern das Kind über seine HS aufgeklärt wurde, versteht es sich oft selbst nicht. Umso wichtiger ist es, dass du versuchst, zu verstehen, und dein Verständnis zum Ausdruck bringst. Neben der Akzeptanz ist das Verständnis das größte Geschenk, das du deinem Kind machen kannst. Es wird sich im Laufe seines Lebens oft genug unverstanden fühlen – von Freunden, Lehrern, Erziehern, Fremden, Bekannten, Vorgesetzten und Geliebten. Du hast die Möglichkeit, der sichere Hafen, der Anker, der Zufluchtsort für dein hochsensibles Kind zu sein. Du kannst der Mensch sein, der es versteht, ganz egal ob es dies im jeweiligen Moment selbst tut. Das birgt die Chance auf eine besonders enge und ehrliche Beziehung zu deinem Kind.

Vielleicht fragst du dich, wie du etwas verstehen sollst, das du selbst nie erlebt hast. Das ist eine Frage, die mehr als berechtigt ist. Hier ist der kleine, aber feine Unterschied zwischen „verstehen" und „nachempfinden" von Bedeutung. Als normalsensibler Mensch kannst du unmöglich nachfühlen, wie es deinem hochsensiblen Kind geht. Das bedeutet aber nicht, dass du es nicht nachvollziehen, also verstehen, kannst. Scheue dich nicht davor, dein Kind darum zu bitten, dir seinen Zustand, seine Empfindungen und sein Erleben mitzuteilen. Je mehr du über die Wahrnehmungswelt deines Kindes lernst, desto mehr Verständnis kannst du entwickeln.

Es ist ein Prozess, der mal holprig und mal stockend sein kann, sich im Endeffekt aber immer lohnt. Wenn du bereit bist, dich auf dein Kind einzulassen, dich für sein Empfinden als HSM interessierst und dabei stets wertungs- und urteilsfrei bleibst, wirst du nach und nach zu einem tiefen Verständnis finden, das für dein Kind von unschätzbarem Wert ist.

Routine als A und O

Die Erfahrungen zeigen, dass hochsensible Kinder eine feste Routine brauchen. Ständig wechselnde Abläufe, Veränderungen auf täglicher oder wöchentlicher Basis sowie spontane Handlungen lösen Verunsicherung aus und beeinträchtigen das Wohlbefinden nachhaltig negativ. Natürlich spielt das Leben nach seinen eigenen Regeln und es ist nicht immer machbar, jeden Tag ausnahmslos der zu 100 % gleichen Routine zu folgen. Dennoch sollte eine solche Routine angestrebt werden. Sie ist es, die deinem Kind die Sicherheit geben kann, die es braucht, um den Schritt aus der routinierten Komfort-Zone selbstbestimmt zu wagen.

Eckpunkte der *täglichen Routine*

Die tägliche Routine setzt sich eigentlich aus vielen kleine Ritualen zusammen. Es gibt hier keinen ultimativen Guide, der beschreibt, wie diese Rituale auszusehen haben. Trotzdem können Eckpunkte festgemacht werden, die die Entwicklung von individuellen Routinen im Alltag erleichtern und als grobe Richtlinien anzusehen sind:

✓ Das Aufstehen

Jeder Tag beginnt mit dem Aufstehen. Dein Kind sollte sich darauf verlassen können, entweder vom Wecker oder von dir geweckt zu werden – ein Mix aus beiden Optionen ist nicht optimal. Generell empfiehlt es sich, einen Schlaf-Wach-Rhythmus einzuhalten. Sprich: Auch am Wochenende sollte dein Kind nicht bis elf Uhr ausschlafen, wenn es wochentags schon um sieben aus den Federn muss. Abweichungen von ein bis maximal zwei Stunden sind in Ordnung, alles was darüber hinausgeht, schadet mehr als es nützt.

✓ Der Morgen

Wie der Morgen verläuft, kann Einfluss auf den gesamten Tag nehmen. Das kennst du sicher aus eigener Erfahrung: Wenn du mit dem sprichwörtlichen falschen Fuß aufstehst, keine Zeit mehr für ein Frühstück hast, beim Blick in den Spiegel einen dicken Pickel auf der Nase entdeckst, den Kaffee über dein Bürooutfit schüttest und beim Einsteigen ins Auto feststellst, dass du unbedingt tanken musst, ist die Laune mehr als nur gedämpft. Der Morgen bietet sich optimal an, um eine fixe Routine einzubauen. Wohin führt der erste Gang nach dem Aufstehen? Wo und wann genau wird das Frühstück eigenommen – vor oder nach dem Anziehen und Fertigmachen? Wann geht es wochentags los zur Schule oder in den Kindergarten? Fährt dein Kind mit dem Bus oder bringst du es selbst? Routine bedeutet hier nichts anderes als ein immergleicher Ablauf, auf den sich dein Kind Tag für Tag verlassen kann. Folgendermaßen könnte eine solche Morgenroutine aussehen:

1. Duschen
2. Zähne putzen und Haare kämmen
3. Anziehen, was am Abend zuvor herausgelegt wurde
4. Frühstück
5. Überprüfen der Kindergartentasche oder des Schulranzens
6. Gemeinsames gehen zur Bushaltestelle und Warten auf den Bus
7. Fahrt zur Schule oder zum Kindergarten

✓ Das Wiedersehen und der Nachmittag

Kinder verbringen für gewöhnlich einen beträchtlichen Teil des Tages außerhaus und getrennt von den Eltern, also eben in der Schule oder im Kindergarten. Auf das, was dort passiert, hast du nur einen eingeschränkten Einfluss. Ab dem Moment, in dem dein Kind zu Hause ankommt oder du es abholst, liegt das Geschehen aber wieder in deiner Hand. Was passiert, nachdem dein Kind von der Schule zurückkehrt? Wird zuerst zu Mittag gegessen, darf es sich vor dem Fernseher erholen, ist ein Mittagsschlaf angesagt oder geht es direkt an die Hausaufgaben? Auch hier kann eine feste Routine für die nötige Stabilität sorgen. Nachmittags lässt sich eine solche nicht immer etablieren, da oftmals Hobbys anstehen, die eben nur ein- oder zweimal pro Woche ausgeübt werden. Das ist nicht weiter tragisch. Es geht schließlich nicht um Perfektion, sondern darum, das bestmögliche zu tun.

✓ Der Abend und das Zubettgehen

Am Abend gilt wieder dasselbe: Er sollte nach Möglichkeit täglich ungefähr gleich ablaufen. Insbesondere in der letzten Stunde vor dem Schlafengehen bietet sich ein immergleiches Ritual an. Dein Kind könnte sich zum Beispiel eine kurze Fernsehserie ansehen, dann die Zähne putzen und den Pyjama anziehen, die Klamotten für den nächsten Tag bereitlegen, die Schul- oder Kindergartentasche packen, sich ins Bett legen, noch eine Geschichte vorgelesen bekommen und dann die Äuglein schließen.

✓ Eine Routine einführen und aufrechterhalten

Besonders am Anfang fällt es sowohl den Eltern als auch dem Kind oft schwer, sich an die beschlossene Routine zu halten. Hier empfiehlt es sich, Schritt für Schritt vorzugehen. Führe zunächst nur ein Ritual ein und nehme jede Woche ein weiteres hinzu, bis schließlich eine umfassende Routine entstanden ist. Deutlich leichter ist es, sich daran zu halten, wenn sich der Gewohnheitseffekt erst einmal eingestellt hat. Du wirst feststellen, dass dein Kind den festen Tagesablauf zu schätzen weiß und sich zum Großteil ganz freiwillig und irgendwann fast schon automatisch daran hält. Es hangelt sich an dem „roten Faden", der geschaffen wurde, entlang und gewinnt Sicherheit aus der Tatsache, dass nach A immer B und nach B immer C kommt.

✓ Reflexion und Optimierung

Je nach Alter des Kindes ergibt es Sinn, dieses möglichst viel miteinzubeziehen und zu fragen, was es von den Ritualen hält und wo es Verbesserungs- oder Änderungsbedarf sieht. Reflektiere die aufgestellte Routine und bleibe flexibel genug, um sinnvolle Änderungen von heute auf morgen vornehmen zu können. Eine Routine, die einst gepasst hat, kann mit der Zeit nicht mehr optimal sein. Deshalb sollte eine ständige Reflexion stattfinden und Kind und Eltern sollten offen für Optimierungen sein.

Stärken, stärken, stärken: Das Selbstbewusstsein hochsensibler Kinder

Das Selbstbewusstsein ist ein Thema, das Eltern und hochsensible Kinder oftmals über viele Jahre hinweg begleitet. Insbesondere hochsensible Kinder des introvertierten Typs tendieren dazu, Selbstzweifel und Selbstkritik überhand nehmen zu lassen. Das Resultat ist ein niedriges Selbstbewusstsein, das sich, je länger es besteht, immer schwerer wiederaufbauen lässt. Im Idealfall wird also schon früh am Selbstbewusstsein gearbeitet, damit es erst gar nicht so tief sinkt. Diese Übungen können dabei helfen:

Die Collage der Stärken

Zeit, sich auf die persönlichen Stärken zu konzentrieren. Suche dir gemeinsam mit deinem Kind einen ruhigen Ort, an dem ihr ungestört arbeiten könnt. Ihr braucht einen farbigen Karton – im besten Falle in der Lieblingsfarbe deines Kindes -, ein paar Zeitschriften und Kataloge, einen dicken Stift und einen Klebestift. Legt den Karton vor euch und überlegt, welche Stärken das Kind hat. Es bietet sich an, sich als Elternteil zurückzunehmen und eher als Moderator und Anleiter zu fungieren, sodass das Kind seine Stärken von selbst benennen kann. Sollte es Schwierigkeiten dabei haben, kannst du natürlich unterstützen und Anreize geben, die es in die richtige Richtung lenken.

Es gilt: Alles, was dein Kind als Stärke nennt, wird als solche bewertet. Selbst wenn es Eigenschaften nennt, die du selbst weniger positiv oder sogar eher als Schwäche einordnen würdest, zählen diese ohne „Wenn und Aber“ als Stärke. Schreibe die Stärken mit ausreichend Abstand zueinander auf den bunten Karton. Wenn deinem Kind die Einfälle ausgehen, kannst du ergänzen und hinzufügen, was du zusätzlich als Stärke wahrnimmst. Schreibe dann nicht nur auf, sondern erkläre deinem Kind auch, was genau du damit meinst. Im zweiten Schritt blättert ihr durch die Zeitschriften und Kataloge und sucht nach Bildern, die zu den einzelnen Stärken passen. Diese schneidet ihr aus und klebt sie unter oder neben das dazugehörige geschriebene Wort. Die Bilder sollten möglichst eindrücklich zeigen, was die jeweilige Stärke ausmacht. Alternativ zu Zeitschriften und Katalogen könnt ihr euch natürlich auch online auf die Suche nach passenden Bildern machen. Die entstandene Collage, die die Stärken deines Kindes widerspiegelt, könnt ihr zum Beispiel in seinem Zimmer aufhängen.

Das Spiegelbild

Stelle dich gemeinsam mit deinem Kind vor einen bodentiefen Spiegel, in dem es seinen ganzen Körper sehen kann. Es geht in diesem Moment einmal nur um das Äußere, ganz abseits von der HS. Dazu gehört allerdings auch die Ausstrahlung. Fordere dein Kind auf, seine äußeren Merkmale zu beschreiben. Dabei sind negative Formulierungen unerwünscht. Entsprechend sollte der Satz „Ich habe eine hässliche Zahnlücke“ beispielsweise zu „Ich habe eine Zahnlücke, die frech aussieht“ geändert werden. Nachdem dein Kind sich ausreichend selbst wahrgenommen und beschrieben hast, kannst du wieder deine Ergänzungen einbringen.

Interview mit dem Kritiker

Wie du weißt, sind hochsensible Kinder oft besonders selbstkritisch. Diesen Aspekt greift diese Übung auf. Setze dich an einem ruhigen Ort mit deinem Kind zusammen und frage es gezielt, was es nicht so gerne an sich mag. Viele HSM nehmen eine sehr präsente innere Stimme des „Kritikers“ wahr. Es ist die innere Stimme, die ständig an einem zweifelt, herumnörgelt und kritisiert. Versuche, mit dieser Stimme ins Gespräch zu kommen und quasi ein Interview zu führen. Folgendermaßen könnte dieses beispielhaft ablaufen:

Welche Dinge an dir machen dir zu schaffen?

Ich glaube, meine Freunde mögen mich nicht wirklich.

Warum denkst du das?

Heute in der Schule hat Paul lieber Partnerarbeit mit Nick gemacht als mit mir.

Wie hast du dich deswegen gefühlt?

Traurig. Ich glaube, Paul findet mich langweilig.

Hast du Paul darauf angesprochen?

Nein.

Du bist nicht langweilig und ich glaube nicht, dass Paul das denkt.

Aber warum hat er dann nicht mit mir zusammengearbeitet?

Das weiß nur Paul selbst. Willst du ihn morgen mal danach fragen?

Kann ich machen, wenn ich mich traue.

Ich bin sicher, dass Pauls Antwort alles aufklärt. Für mich bist du absolut nicht langweilig und ich bin stolz darauf, dass du deinen Freund darauf ansprechen möchtest.

Achte darauf, dass das Gespräch immer positiv endet. Dein Kind sollte mit einem guten, gestärkten Gefühl aus der Situation gehen. Die Übung hilft euch dabei, die Ängste und Selbstzweifel deines Kindes anzusprechen, zu analysieren und letztendlich zu entkräften. Sie bietet sich mitunter immer dann an, wenn du bemerkst, dass irgendetwas dein Kind belastet.

Bedingungslose Liebe statt harter Kritik

Jedes Kind verdient es, bedingungslos geliebt zu werden. Bedingungslos zu lieben, bedeutet zu lieben, egal ob das Kind hochentwickelt oder eher ein Nachzügler, klug oder etwas langsam, aufmerksam oder unkonzentriert, ordentlich oder unordentlich, freundlich oder unverschämt, einfach oder kompliziert, sportlich oder ungelenk und hochsensibel oder normalsensibel ist. Man liebt eben bedingungslos. Die bedingungslose Liebe ist etwas, das manche Kinder niemals erfahren. Sorge dafür, dass dein Liebling nicht zu diesen Kindern gehört.

Dein Kind zweifelt selbst schon genug an sich, es kritisiert sich genug und hat ausreichend mit seinem Selbstbewusstsein zu kämpfen. Entsprechend solltest du mit Kritik sehr vorsichtig sein und diese, wenn sie denn einmal angebracht werden muss, feinfühlig und wohlwollend formulieren. Generell sollte im Umgang mit hochsensiblen Kindern eher sparsam mit kritischen Worten umgegangen werden. Der Fokus sollte auf dem Stärken und Stützen liegen.

Stelle sicher, dass dein Kind ganz ohne Zweifel weiß, dass du es absolut bedingungslos liebst. Die bedingungslose Liebe der Eltern kann Kinder unterstützen, fördern und regelrecht beflügeln. Das gilt nicht nur für hochsensible, sondern eigentlich für alle Kinder.

Mitgefühl statt Mitleid

Natürlich fühlst du als liebender Elternteil mit deinem Kind. Seine Schwierigkeiten und die Herausforderungen, mit denen es durch die HS konfrontiert wird, gehen nicht spurlos an dir vorbei und so manches Mal wünschst du dir wahrscheinlich, du könntest den Platz deines Kindes einnehmen und die HS als vermeintliche Last von seinen Schultern nehmen. Es ist vollkommen in Ordnung, mitzufühlen und Mitgefühl zu zeigen. Kontraproduktiv ist dagegen Mitleid. Aber was genau unterscheidet diese beiden Gefühle eigentlich voneinander?

Es ist ihre Qualität. Wer mitfühlt, erkennt die Gefühle des Gegenübers an, versucht, sie nachzuvollziehen, und kann Hilfe leisten. Wer dagegen Mitleid empfindet, leidet wortwörtlich mit. Er empfindet in gewisser Weise genau das, was sein Gegenüber beschwert, und ist in tiefster Intensität betroffen. Ein Elternteil, der mit seinem Kind fühlt, ist in der Lage, dieses zu unterstützen, während Mitleid nur dazu führt, dass statt einer letztendlich zwei Personen leiden und sich gegenseitig nur sehr eingeschränkt helfen können.

Denn wirklich klar denken und bestmöglich unterstützen kann nur eine Person, die sich emotional ausreichend distanzieren kann. Kein Mitleid zu empfinden, ist natürlich leichter gesagt als getan. Als Elternteil bis du quasi prädestiniert dafür, mit deinem Kind zu leiden. Halte dir vor Augen, dass du weder dir noch deinem Schützling einen Gefallen damit tust. Das bedeutet nicht, dass du kalt und gefühlslos werden musst. Es heißt lediglich, dass du deine Gefühle unter Kontrolle hast und das Leid deines Kindes nicht auf dich überträgst, sondern anerkennst und in hilfreicher Weise darauf reagierst.

Vorbild sein

Eltern sind automatisch Vorbilder, egal ob auf eine gute oder eher schlechte Art. Kinder beobachten sehr genau, bekommen viel mehr mit, als man als Erwachsener oft annehmen würde, und orientieren sich an ihren Eltern. Sie imitieren deren Verhaltensweisen und stufen das, was sie tagtäglich vorgelebt bekommen, als normal ein. Deshalb ist es wichtig, dass du dich in Selbstreflexion übst und dich bemühst, deinem hochsensiblen Kind ein Vorbild zu sein, an dem sich zu orientieren einen Gewinn für dein Kind darstellt. Was bedeutet das genau?

Es bedeutet in erster Linie, dass du Rücksicht auf deine eigenen Empfindungen und Bedürfnisse nehmen musst. So zeigst du deinem Kind, dass es in Ordnung ist, sich um sich selbst zu kümmern, Selbstfürsorge an die oberste Stelle zu stellen und die eigenen Bedürfnisse als gegeben anzunehmen. Wenn dein Kind sieht, wie du dich um dich selbst kümmerst, lernt es daraus, dass seine eigenen Bedürfnisse wichtig sind und nicht ignoriert werden dürfen. Diese Lektion ist für jedes Kind wichtig, für hochsensible Kinder ist sie aber unverzichtbar.

Im Laufe seines Lebens kommt ein hochsensibles Kind ständig an Punkte, an denen es keine andere Wahl hat: Entweder es respektiert seine Bedürfnisse und nimmt sich derer an, oder es leidet. Aus diesem Grund sollten nach Möglichkeit beide Elternteile vorleben, wie Selbstfürsorge funktioniert.

Das Wichtigste in Kürze

- ✓ Jedes (hochsensible) Kind ist anders, weshalb nur schwer pauschale Ratschläge gegeben werden können. Es ist wichtig, das eigene Kind als Individuum anzuerkennen und feinfühlig auf die ihm eigenen Bedürfnisse einzugehen.

- ✓ Eltern hochsensibler Kinder sollten sich bemühen, ihr Kind zu verstehen und dieses Verständnis auch zum Ausdruck zu bringen. Das funktioniert durch Beobachtung, aber auch durch das rege Gespräch. Eltern sollten sich daher nicht scheuen, ihre hochsensiblen Kinder nach deren Wahrnehmungswelt, Befinden und Empfinden zu fragen.
- ✓ Hochsensible Kinder profitieren von einer festen Tagesroutine, die aus vielen Ritualen besteht und an der sie sich quasi „festhalten" und „entlanghangeln" können.
- ✓ Da hochsensible Kinder oft sehr selbstkritisch sind, fällt dem Aufbau eines starken Selbstbewusstseins eine große Bedeutung zu.
- ✓ Das Wissen um die bedingungslose Liebe der Eltern ist absolut unverzichtbar für die gesunde Entwicklung eines (hochsensiblen) Kindes.
- ✓ Hochsensible Kinder schätzen das Mitgefühl ihrer Eltern, während Mitleid für beide Seiten nicht hilfreich ist.
- ✓ Als Elternteil ist man automatisch ein Vorbild für sein Kind. Diese Vorbildfunktion sollte man nutzen, um dem hochsensiblen Kind zu zeigen, dass Selbstfürsorge nicht nur in Ordnung, sondern sogar sehr wichtig ist.

Kapitel 7: 9 Probleme & Lösungen - Alltag mit einem hochsensiblen Kind

In diesem Kapitel sehen wir uns neun gängige Probleme, die im Alltag hochsensibler Kinder und ihrer Eltern auftauchen, an und erörtern mögliche Lösungswege. Beim Lesen des Kapitels solltest du immer im Hinterkopf behalten, dass jedes Kind anders ist und daher individuell behandelt werden muss. Die hier vorgeschlagenen Lösungsansätze sind also mehr als Inspiration denn als verlässliche Anleitung anzusehen. Um das Ganze anschaulicher zu gestalten, wird jede Problematik in Form eines fiktiven Fallbeispiels geschildert.

Problem **#1**: Das Kind landet ständig in der Überreizung

Der kleine Nico ist sieben Jahre alt und wurde zu einer Geburtstagsparty eingeladen. An einem schönen Samstagnachmittag wird er von seiner Mama dort abgeliefert. Nico ist zwar etwas aufgeregt, weil er nicht alle der anderen Partygäste kennt, doch die Freude überwiegt. Schließlich soll es sogar eine Hüpfburg geben, hat er gehört. Seine Mama kann ihn mit einem guten Gefühl in die Obhut der Mutter des Geburtstagskindes geben und freut sich auf einen entspannten Nachmittag. Drei Stunden später klingelt das Telefon. Eine überforderte Mutter berichtet von einem leise weinenden Nico, der sich nicht mehr bewegen möchte und nicht spricht. Als Nicos Mama am Ort des Geschehens ankommt, findet sie ein Häufchen Elend vor. Nico sitzt alleine in der Ecke, weint und zittert, und reagiert kaum auf Ansprachen. Was los ist, ist eigentlich offensichtlich. Nico ist extrem überreizt und kann in diesem Zustand kaum noch agieren. Er versucht, sich durch Rückzug zu schützen, doch es ist schon zu spät und er ist selbst in seiner einsamen, ruhigen Ecke nur noch überfordert. Leider passiert das bei Nico immer wieder. Es kommt Zuhause sowie in der Schule vor und geschieht, wie seine Mama meint, ganz plötzlich. Was also kann getan werden, um Nico zu helfen?

Tipp #1: Akut Hilfe leisten

In der dargestellten Situation gilt es zunächst, schnell und richtig zu handeln, um Nico ein wenig zu entlasten. Wenn der Junge sitzen bleiben möchte, sollte sich seine Mama ganz einfach zu ihm setzen. Sie kann beruhigende Worte sprechen, sollte ihn aber keinesfalls mit Fragen löchern, die Nico in dieser Situation ohnehin nicht beantworten kann. Parallel können die Extremitäten, also Arme und Beine, mit leichtem Druck rhythmisch gestreichelt werden. Nico braucht Zeit, um sich zu sortieren und die Überreizung zu verarbeiten. Sobald er dazu in der Lage ist, sollte er in seine gewohnte Umgebung, beispielsweise in sein Zimmer, gebracht werden, wo er sich ausgiebig ausruhen kann. Je nach Einzelfall braucht das Kind in dieser Situation die stille Anwesenheit einer Bezugsperson oder das Alleinsein mit sich selbst.

Tipp #2: Achtsamer werden

Nicos Mama muss lernen, Anzeichen für eine Überreizung zu erkennen und richtig zu deuten. Im geschilderten Fall hätte sie das nicht weitergebracht, da sie selbst kein Auge auf Nico hatte. Eventuell hätte sie ihr Wissen jedoch vorab an die Mutter des Geburtstagskindes weitergeben können. Im Partytrubel wäre die Überreizung vermutlich aber auch dann nicht frühzeitig erkannt und so vermieden worden. Das ist schlicht und einfach nicht immer möglich. Trotzdem lohnt es sich, die „Symptome“ des eigenen Kindes zu studieren, sodass man dann, wenn die Möglichkeit dazu besteht, entgegenwirken kann. In der Realität zeigen verschiedene Kinder ganz unterschiedliche Anzeichen, die auf eine drohende Überreizung hindeuten. Häufig sind dabei jedoch folgende „Symptome“ zu beobachten:

- ✓ Blässe
- ✓ Zittern
- ✓ Rote Flecken auf der Haut

- ✓ Schwitzen
- ✓ Abwesenheit und Ignorieren der Außenwelt
- ✓ Leerer Blick
- ✓ Weinen
- ✓ Beißen, Treten, Stampfen und Schimpfen
- ✓ Flüchten und Verstecken
- ✓ Körperliches „in sich Zusammenfallen“ / Kleinmachen

Tipp #3: Gespräche führen

Nico ist zwar erst sieben Jahre alt, doch er ist alt genug, um zu lernen, inwiefern er sich selbst gegen eine Überreizung schützen kann. Zu diesem Zweck müssen Gespräche geführt werden, in deren Rahmen Nico erklärt wird, wie er bemerken kann, wann ihm alles zu viel wird. An dieser Stelle sollte natürlich auch Nico selbst zu Wort kommen. Zielgerichtete Fragen können die Richtung weisen: Wie fühlst du dich, bevor es dir so schlecht geht? Siehst du das kommen oder überkommt es dich einfach? Tatsache ist nämlich, dass eine Überreizung selten von jetzt auf gleich binnen weniger Minuten stattfindet. Meist bahnt sie sich schleichend an, wird immer lauter und präsenter und eben erst dann – von den Außenstehenden aber manchmal auch vom Betroffenen selbst – wahrgenommen, wenn sie bereits in vollem Gange ist.

Tipp #4: Stressoren identifizieren

In weiteren Gesprächen und durch achtsame Beobachtungen sollte ermittelt werden, welche Situationen und Reize sich besonders stark negativ auf Nico auswirken. Auch hier sollte das Kind natürlich miteinbezogen werden. Manche Auslöser lassen sich reduzieren oder sogar umgehen, andere sind unvermeidbar. In letztgenanntem Fall wissen Kind und Eltern dann aber, dass es sich um eine kritische Situation handelt, und können ihr Verhalten entsprechend anpassen.

Tipp #5: Früherkennung üben

Übung macht den Meister! Wenn er sich immer wieder darauf konzentriert, lernt, sein Empfinden genau im Auge zu behalten und seine eigenen Bedürfnisse wahr- und ernst zu nehmen, wird es Nico immer öfter gelingen, eine sich anbahnende Überreizung frühzeitig zu erkennen. Das gleiche gilt für seine Eltern.

Tipp #6: Skills einüben und Notbremsen vereinbaren

Ein paar sehr wichtige Fragen lauten: Was tut Nico gut und hilft ihm, eine Überreizung zu vermeiden oder leichter zu überstehen? Was kann Nico tun, wenn er spürt, dass langsam, aber sicher wieder einmal alles zu viel wird? Was darf seine Mutter tun, um ihn dabei zu unterstützen? Die Rede ist letztendlich von sogenannten Skills. In diesem Zusammenhang handelt es sich dabei um Fertigkeiten und Tätigkeiten, mittels derer Nico oder seine Mama „die Katastrophe" abwenden können. Es gilt, verschiedene Dinge auszuprobieren und herauszufinden, was funktioniert und was nicht. Diese Herangehensweisen können helfen, wenn die kommende Überreizung frühzeitig, also noch bevor sich das Kind im „Krisen-Modus" befindet, erkannt wird:

- Sofort einen ruhigen Ort ohne fremde Menschen und laute Geräusche aufsuchen
- Die Augen schließen und die Atemzüge zählen, bis die Anspannung nachlässt
- Auf einen einzelnen starken Reiz, zum Beispiel in Form eines Kühlpacks auf der Haut oder eines monotonen Geräuschs, konzentrieren.
- Druck auf eine möglichst große Fläche des Körpers ausüben, sich selbst fest umarmen oder von einer vertrauten Person fest umarmt und rhythmisch gestreichelt werden

Zudem empfiehlt es sich, eine „Notbremse“ festzulegen. Was können Nico und seine Mama tun, wenn die Überreizung bereits in voller Stärke vorhanden ist? Auch hier muss wieder der individuelle Mensch betrachtet werden. Manchen Kindern hilft es, sich in einem solchen Fall auf den Boden zu legen, die Augen zu schließen und sich mit beiden Händen die Ohren zuzuhalten. Die Notbremse kann aber auch ganz anders aussehen. Wichtig ist letztlich nur, dass sie existiert, sodass Nico weiß, was er tun kann, um sich selbst zu helfen.

Tipp #7: Ruhezone einrichten

Nico braucht zu Hause einen Ort, an den er sich immer dann zurückziehen kann, wenn er feststellt, dass ihm alles zu viel wird: seine ganz persönliche Ruhezone. Das kann eine bequeme Nische im Kinderzimmer oder ein kleines Zelt hinter dem Sofa sein. Eltern und Kind sollten gemeinsam einen sicheren Ort schaffen, an dem sich der Hochsensible zu jeder Zeit – zumindest dann, wenn der Ort gerade erreichbar ist – erholen kann. Dazu sollten gewisse Regeln vereinbart werden. Zum Beispiel:

- Nico darf nicht angesprochen werden, wenn er in der Ruhezone ist
- Die Ruhezone darf nur von einem anderen Menschen betreten werden, wenn Nico dies ausdrücklich erlaubt
- In der Ruhezone muss Ordnung gehalten werden, damit sie langfristig ein sicherer Ort bleiben kann
- Die Ruhezone kann immer aufgesucht werden, ganz egal, aus welcher Situation Nico zu diesem Zweck herausgeht

Problem #2: Das Kind kann keine Entscheidungen treffen

Die 9-jährige Emma ist mit ihrem Papa in der Stadt unterwegs. Da es ein sonniger Tag ist, schlägt Papa vor, eine Kugel Eis zu holen. Vor der Theke der Eisdiele kommt zwangsläufig die Frage: Welche Sorte soll es denn sein? Emma weiß nicht weiter. Ihr Gehirn läuft auf Hochtouren und sie wägt Erdbeere gegen Schoko, Vanille, Himbeere und Zitrone ab. Oder vielleicht doch Stracciatella? Oh man, sogar ein Mango-Eis gibt es hier. Die Dame hinter der Theke wird langsam ungeduldig und Emmas Papa sieht seine Tochter streng an. „Was möchtest du denn?“, fragt er. „Mango!“, sagt Emma, „Nein, Himbeere!“. Nach weiterem Hin und Her entscheidet Papa für Emma und kauft ein Erdbeer-Eis. Mit zwei Eisbechern in den Händen schlendern sie die Straße entlang und Emma denkt noch immer darüber nach, ob sie sich nicht vielleicht für Schoko hätte entscheiden sollen. Emma ist angespannt, Papa ist genervt und beide fühlen sich unzufrieden. Dabei ist es nicht das erste Mal, dass Emma sich schlecht entscheiden kann. Morgens braucht sie ewig, um ein T-Shirt auszusuchen, mittags weiß sie nicht, ob sie schon satt ist oder einen Nachschlag haben möchte, und die Frage, ob sie gleich an die Hausaufgaben gehen oder zuvor noch im Garten spielen möchte, kann sie für gewöhnlich auch nicht beantworten.

Tipp #1: Einen Teil der Entscheidungen abnehmen

Während es vollkommen angemessen ist, ein hochsensibles Kind sein Eis selbst auswählen zu lassen, sollten ihm grundlegende Entscheidungen abgenommen werden. So könnte Emmas Papa das T-Shirt für den anstehenden Tag aussuchen und die Frage nach Hausaufgaben oder Spielen im Alleingang beantworten. Emma ist es schließlich oftmals lieber, vor vollendete Tatsachen gestellt zu werden. Regeln und Vorgaben kann sie deutlich leichter verdauen, als Entscheidungen, die sie allein zu treffen hat. Vor allem dann, wenn die jeweilige Entscheidung weitreichende Konsequenzen hat und ein Kind der Altersstufe ohnehin überfordern würde, sollte sie ihm unbedingt abgenommen werden.

Tipp #2: Selbstständige Entscheidungen fördern

Trotzdem muss Emma natürlich lernen, selbstständig Entscheidungen zu treffen. Deshalb sind gerade Situationen wie die geschilderte wichtig. Egal welches Eis Emma wählt, es wird schmecken und hat keine weitreichenden Konsequenzen. Auch wenn es vielleicht etwas unangenehm ist, mit dem ewig unschlüssigen Kind vor der wartenden Verkäuferin zu stehen, muss Emma die Zeit bekommen, die sie braucht, um sich zu entscheiden. Je mehr Entscheidungen sie ohne Druck treffen kann, desto leichter wird ihr dies auf Dauer fallen.

Tipp #3: Geduld und Verständnis

Emmas Papa muss verstehen, dass seine Tochter ihn nicht veräppeln oder nerven will. In ihr dreht sich alles um das Eis und die vielen Möglichkeiten, die alle ungefähr gleich gut klingen. Sie versucht, zu einer Entscheidung zu kommen, denkt dabei aber viel weiter als normalsensible Gleichaltrige und steht sich selbst im Weg. Als Elternteil muss der Papa sich also in Geduld üben und versuchen, zu verstehen, dass seine Tochter sich schneller entscheiden würde, wenn sie denn könnte.

Problem **#3**: Das Kind kann nicht „Nein" sagen

Miriam ist zehn Jahre alt und lebt als Einzelkind gemeinsam mit ihren beiden Eltern. Sie besucht die Grundschule und fühlt sich dort eigentlich ganz wohl. Ihren Lehrern fällt aber zunehmend auf, dass Miriam nie „Nein" sagt. Sie ist immer mit allem einverstanden, stimmt ihren Klassenkameraden ausnahmslos zu und macht mit, wozu sie aufgefordert wurde. Selbst wenn man den Eindruck hat, dass Miriam eigentlich müde und auch etwas traurig ist, steht sie sofort auf, wenn ihre beste Freundin in der Pause ein Spiel mit ihr spielen möchte. Im

Elterngespräch zeigt sich, dass Miriam auch zu Hause überdurchschnittlich kooperativ und willig ist. Es scheint, als würde sich das Mädchen ständig in ihr Schicksal fügen, auch wenn es eigentlich eine Wahl hat.

Tipp #1: Gespräch führen

Im ersten Schritt sollten sich die Eltern mit Miriam zusammensetzen und ganz unverblümt fragen, ob sie das Gefühl hat, nicht „Nein" sagen zu dürfen oder zu können. Wenn eine gute Vertrauensbasis vorhanden und Miriam kommunikativ veranlagt ist, wird sie diese Frage ehrlich beantworten. Dann muss nachgehakt werden: Warum denkst du, dass du nicht „Nein" sagen darfst oder kannst? Wenn sich Miriam verschließt und nicht bereit ist, das Gespräch fortzuführen, darf sie nicht bedrängt werden. Schließlich ist das Verschließen in diesem Moment ihre Art des „Nein"-Sagens. Das Gespräch sollte zu einem anderen Zeitpunkt fortgeführt werden. Step by Step gilt es, herauszufinden, was Miriam daran hindert, „Nein" zu sagen, wenn sie etwas nicht tun möchte. Bei vielen hochsensiblen Kindern stellt sich heraus, dass sie ihr Gegenüber nicht verletzten oder die Harmonie nicht gefährden wollen. Es ist wichtig, zu erklären, dass jeder Mensch ein Recht auf ein „Nein" hat und dieses auch gebrauchen sollte.

Tipp #2: Nachfragen

Wenn Miriam zu Hause mal wieder wie mechanisch „Ja" sagt, sollten ihre Eltern nachfragen: Möchtest du das wirklich tun? Sie sollten Miriam in diesem Zuge immer daran erinnern, dass sie „Nein" sagen kann, ohne die Gefühle von Mama und Papa zu verletzen. Ihr muss klar werden, dass ihr „Nein" nicht dazu führt, dass ihre Eltern oder Freunde sie weniger lieb haben. Miriam muss lernen, ihre eigenen Wünsche und Bedürfnisse nicht zugunsten der Harmonie zu verschweigen.

Tipp #3: „Nein"-Sagen üben

Deshalb muss sie sich im „Nein“-Sagen üben. Begonnen werden kann mit ganz einfachen Fragen, die keine Aufforderung enthalten und eigentlich nur verneint werden können: „Hast du heute schon Kuchen gegessen?“, „Magst du Delfine lieber als Pferde?“, „Ist deine Lieblingsfarbe Blau?“ So kann sich Miriam an das kleine Wörtchen „Nein“ gewöhnen und erfahren, dass ein „Nein“ nicht zwangsläufig zu Konsequenzen führt, vor denen sie sich fürchten muss. Nach und nach werden die Fragen spezifischer und können auch Forderungen enthalten. Wichtig ist, dass Miriam in diesem Prozess des Weiterentwickelns und Lernens nicht vor den Kopf gestoßen wird. Sprich: Jedes „Nein“ aus ihrem Munde muss vorerst akzeptiert und darf nicht kritisiert werden.

Problem #4: Das Kind fürchtet sich vor vielem

Der 10-jährige Marc ist eigentlich ein taffer Typ: Er hat viele Freunde, hält sich gerne draußen auf und ist gut in der Schule. Doch er wird von Ängsten geplagt. Nachts wacht er oft schweißgebadet auf und sucht Schutz im Bett der Eltern, obwohl er – wie er selbst findet – eigentlich zu alt dafür ist. Er fürchtet sich davor, allein im Dunkeln zu liegen, weshalb seine Eltern ein Nachtlicht angebracht haben. Er hat Angst auf dem Fußweg zur Schule, weil er einmal von einem Mädchen gehört hat, das einfach in ein Auto gezogen und entführt wurde. Letzten Sommer war er während des ganzen Flugs nach Italien in schierer Panik und das nur, weil seine Eltern am Tag zuvor über Abstürze geredet haben – er hat das Gespräch zufällig und unbemerkt gehört. Immer, wenn er am Schäferhund des Nachbarn vorbeigeht, zuckt er unwillkürlich zusammen, obwohl der Hund nur schwanzwedelnd auf ihn zukommt. Marc hat viele Ängste, die seinen Alltag zum puren Stress machen.

Tipp #1: Ängste thematisieren

Marcs Ängste dürfen nicht ignoriert werden. Seine Eltern müssen ihn darauf ansprechen, damit das Angstthema nicht auch noch zum gefühlten Tabuthema wird. Mit zehn Jahren schämt sich Marc möglicherweise dafür, vor so vielem Angst zu haben. Seine Eltern sollten ihm versichern, dass Angst ein ganz normales menschliches Gefühl ist, das einem nicht peinlich sein muss. Gleichzeitig sollten sie ihn dazu animieren, über seine Ängste zu sprechen. Jede Angst, die nicht besprochen und somit ins Licht gerückt wird, gewinnt in der heimlichen Dunkelheit an Stärke.

Tipp #2: Gründe erforschen

Außerdem sollten die Gründe für die jeweiligen Ängste beleuchtet werden. Warum hat Marc Angst vor der Dunkelheit? Warum fürchtet er sich auf dem Schulweg und vor dem Hund? Ein hochsensibles Kind entwickelt eine Angst nicht ohne Grund. Es gibt immer einen Auslöser und die Furcht ist zu jeder Zeit echt und valide.

Tipp #3: Sicherheitsgefühl vertiefen

Um Marc mehr Sicherheit zu geben, sollte mit ihm über die Dinge gesprochen werden, die dazu beitragen, dass er sich sicher fühlt. Was würde Marc dabei helfen, sich sicherer zu fühlen, wenn er an dem Schäferhund vorbeigeht?

Tipp #4: Mit Ängsten konfrontieren

Manche Ängste verwachsen sich, andere werden mit der Zeit immer stärker. Es kann sich also auszahlen, Marc mit seinen Ängsten zu konfrontieren, um diese zu entkräften und aus der Welt zu schaffen. Hier muss allerdings sehr behutsam vorgegangen werden. Bleiben wir beim Beispiel mit dem Schäferhund: Es ist kontraproduktiv und könnte fatal enden, Marc zu sagen, dass „echte, starke Männer" sich einfach vor den Zaun stellen und dem „Monster" ins Auge sehen. Stattdessen könnte ein Termin mit dem Besitzer des Hundes vereinbart werden. Marc könnte unter Begleitung einer Bezugsperson in den Garten hineingehen, anstatt sich immer nur auf der anderen Seite des Zauns zu fürchten. Ein paar Leckerlies, eine erste Streicheleinheit und schon hat man die Angst an der Wurzel gepackt.

Problem **#5**: Das Kind handelt selten selbstständig

Timmy ist 11 Jahre alt und lebt mit seinen beiden Eltern und seinem 8-jährigen Bruder zusammen. In der Schule erzielt er gute Noten und auch zu Hause benimmt er sich meist vorbildlich. Trotzdem gibt es einen Aspekt, der seinen Eltern Sorgen bereitet: Timmy handelt selten selbstständig. Bevor er etwas tut, sucht er stets die Bestätigung seiner Eltern oder eines Lehrers. Dies fällt besonders dann auf, wenn man ihn mit seinem jüngeren Bruder vergleicht, der mit seinen acht Jahren schon deutlich selbstständiger agiert.

Tipp #1: Nachfragen in der Situation

Wenn Timmy mal wieder fragend nach dem Blick und der Zustimmung seines Vaters sucht, sollte dieser die Gelegenheit ergreifen und seinen Sohn fragen, was ihn verunsichert. Warum hast du das Gefühl, meine Zustimmung zu brauchen? Dies sollte nach Möglichkeit im familiären Rahmen und nicht etwa in der Gegenwart von Freunden oder Bekannten geschehen. Schließlich soll Timmy nicht bloßgestellt werden.

Tipp #2: Entscheidungen und Handlungen im Nachgang bestätigen

Wann immer Timmy selbstständig handelt, muss er bestätigt werden. Seine Selbstsicherheit kann sich nur positiv entwickeln, wenn er im Nachgang für ausnahmsweise allein getroffene Entscheidungen Bestätigung erfährt. Ganz egal, ob seine Eltern seine Handlungen also optimal oder suboptimal finden, sollten sie ihn dafür loben, selbstständig agiert zu haben.

Tipp #3: Gezielt ein selbstständiges Handeln fordern

Timmy muss behutsam an das selbstständige Entscheiden und Handeln herangeführt werden. In Situationen, in denen sich der Junge an und für sich relativ entspannt fühlt und verhält, ergibt es daher Sinn, das selbstständige Handeln gezielt zu fordern. Wenn Timmy seinem Papa diesen fragenden Blick zuwirft, kann dieser also zum Beispiel die Schultern zucken und Timmy versichern, dass er schon selbst in der Lage dazu ist, sich richtig zu verhalten.

Problem **#6**: Das Kind weigert sich plötzlich, in den Kindergarten / die Schule zu gehen

Die 13-jährige Lena wird von ihrer Mutter großgezogen und ist bislang immer gerne – zumindest nicht weniger gern als normalsensible Gleichaltrige – zur Schule gegangen. Das hat sich vor wenigen Tagen geändert. Lena klagt morgens vermehrt über Bauch- und Kopfschmerzen, will im Bett liegen bleiben und partout nicht zur Schule gehen.

Tipp #1: Gespräch suchen

Im ersten Schritt sollte die Mutter versuchen, mit ihrer Tochter ins Gespräch zu kommen und zentrale Fragen zu stellen. Sie sollte dabei behutsam vorgehen und Lena nicht überrumpeln. „Ich habe das Gefühl, dass du nicht mehr gern zur Schule gehst, stimmt das?“ wäre beispielsweise ein guter Einstieg in das Gespräch. Später kann dann recht konkret die Frage nach dem „Warum“ gestellt werden.

Tipp #2: Lehrer kontaktieren

Auch wenn Lena dies vermutlich nicht befürworten würde und es ihr vielleicht sogar peinlich ist: Ergänzend dazu sollte der Klassenlehrer kontaktiert werden. Er kann Informationen dazu liefern, wie Lena in letzter Zeit in der Schule aufgetreten ist, und vielleicht sogar einen Auslöser für Lenas Weigerung benennen.

Tipp #3: Die Balance zwischen Verständnis und Strenge wahren

Letztendlich lässt sich nur zu 100 % feststellen, warum das Kind nicht mehr zur Schule gehen will, wenn es dies selbst verrät. Andernfalls muss eine Balance zwischen Verständnis und Strenge gefunden werden. Lena sollte immer wieder die Möglichkeit dazu bekommen, sich zu äußern und zu erklären. Zeitgleich muss sie aber auch verstehen, dass Schulpflicht besteht und sie auf Dauer nicht zu Hause bleiben kann.

Problem #7: Das Kind kann sich nicht gegen seine Geschwister durchsetzen

Max ist acht Jahre alt und hat drei Geschwister: Einen jüngeren Bruder und zwei Zwillingsschwestern im Alter von zehn. Im Alltag fällt seinen Eltern auf, dass er sich kaum bis gar nicht gegen seine Geschwister durchsetzen kann. Er gibt schnell klein bei, wehrt sich wenig gegen die unvermeidlichen Schikanen und lässt sich sehr viel gefallen.

Tipp #1: Harmoniebedürfnis ansprechen

Max stellt seine Bedürfnisse offensichtlich unter sein Streben nach Harmonie. Er ist gewillt, sehr viel zu akzeptieren, um die Harmonie aufrecht zu erhalten. Es gilt, dies in einem vertraulichen Gespräch anzusprechen. Sprich: Max muss sich sicher sein können, dass nichts von dem, was er sagt, bei seinen Geschwistern ankommt oder diese möglicherweise in Schwierigkeiten bringt.

Tipp #2: Recht auf das Zurwehrsetzen erklären

Dann muss Max erklärt werden, dass er ein Recht darauf hat, für seine Meinung und seine Bedürfnisse einzustehen. Er muss verstehen, dass Konflikte und Streitigkeiten zum Leben gehören und dass er letztendlich der Leidtragende ist, wenn er diesen um jeden Preis aus dem Weg geht.

Tipp #3: Geschwister über die HS aufklären

Gleichzeitig sollten die Geschwister über Max' HS informiert werden. Sie müssen – im Rahmen ihres Alters – vermittelt bekommen, dass Max eine Besonderheit mit sich bringt, die dazu führt, dass er es ihnen zu jeder Zeit rechtmachen möchte.

Problem #8: Das Kind ist sehr oft traurig

Nina ist 14 Jahre alt und ist schon sehr früh als hochsensibel aufgefallen. In letzter Zeit bereitet sie ihren Eltern aber zunehmend Sorgen, weil sie häufig sehr niedergeschlagen und traurig wirkt. Sie kommt traurig aus der Schule, bricht beim Schauen eines Filmes in Tränen aus und wirkt geknickt, sobald sie minimal kritisiert wird.

Tipp #1: Verständnis zeigen

Zunächst ist es absolut notwendig, Verständnis zu zeigen. Nina sollte keineswegs für ihre Traurigkeit kritisiert werden. Sie muss spüren, dass ihre Eltern ihre Niedergeschlagenheit wahrnehmen und sie nicht dafür verurteilen.

Tipp #2: Traurigkeit akzeptieren

Auch wenn die Traurigkeit eines Kindes Eltern natürlich verletzt, müssen sie diese letztendlich akzeptieren. Mein Kind ist oft traurig. Daran lässt sich ganz spontan nichts ändern. Nina wird nicht glücklicher, nur weil ihre Eltern ebenfalls unglücklich, wütend oder ängstlich sind. Was sie braucht, ist die Akzeptanz ihren Gefühlen gegenüber.

Tipp #3: Auslöser identifizieren

Im Rahmen eines Gesprächs sollte Nina danach gefragt werden, was genau sie immer wieder traurig macht. Eine kleine Warnung vorab: Die Auslöser können extrem vielfältig sein. Hochsensible Kinder lassen sich unter Umständen leicht von Stimmungen beeinflussen und reagieren sehr emotional auf kleinste Auslöser. Im Idealfall erstellt Nina gemeinsam mit ihren Eltern eine Liste der Dinge, die Traurigkeit in ihr auslösen.

Tipp #4: Möglichkeit einer Therapie abwägen

Gerade wenn die Traurigkeit zum scheinbar ständigen Begleiter des Kindes wird, sollte eine Therapie erwogen werden. Nina braucht möglicherweise Hilfe, die ihre Eltern nicht leisten können. Die Trauer sollte keinesfalls auf die leichte Schulter genommen, sondern stets mit dem nötigen Ernst betrachtet werden.

Problem **#9:** Das Kind findet keine Freunde

Der 9-jährige Samuel ist ein fröhliches Kind, das sich – abgesehen von der immer mal wieder auftretenden Überreizung – scheinbar sowohl zu Hause als auch in der Schule wohlfühlt. Doch er ist ein waschechter Einzelgänger. Er kann sich gut selbst beschäftigen, verbringt viel Zeit alleine und lädt so gut wie nie Freunde ein. Auch wird er selbst eigentlich niemals eingeladen. Ein Gespräch mit der Lehrerin verrät den Eltern, das Samuel in der Schule eher kontaktscheu ist und sich nicht darum bemüht, Kontakte zu knüpfen und Freunde zu finden.

Tipp #1: Gespräch führen

Zuerst sollten Samuels Eltern ein Gespräch suchen und ihren Sohn fragen, ob er Freunde vermisst oder gerne mehr Freunde hätte. Auch die Frage danach, was das Kind dazu verleitet, viel allein zu sein und den zwischenmenschlichen Kontakt zu scheuen, sollte altersgerecht gestellt werden.

Tipp #2: Einzelgänger akzeptieren

Tatsache ist: Viele HSM des introvertierten Typs sind geborene Einzelgänger. Sie fühlen sich einfach wohler, wenn sie allein sind, und leiden nicht darunter, vergleichsweise wenig zwischenmenschliche Kontakte zu haben. Das muss unbedingt akzeptiert werden. Sofern Samuel klar kommuniziert, dass er sich gut fühlt und sich nicht nach einem Zuwachs an Freundschaften sehnt, ist schließlich alles in bester Ordnung.

Kapitel 8: Praktische Übungen für hochsensible Kinder

Dieses Kapitel hält einige Übungen bereit, von denen hochsensible Kinder profitieren können. Je nach Altersstufe müssen diese Übungen stets im Beisein und unter der Anleitung eines Erwachsenen ausgeführt werden. Zudem gilt es, zu beachten, dass nicht jede der folgenden Übungen zwangsläufig jedem hochsensiblen Kind weiterhilft. Als Elternteil ist es deine Aufgabe, zu beurteilen, welche Übungen ausprobiert werden und welche von vorneherein auszuschließen sind.

Fantasiereisen zur Entspannung

Die Realität ist für viele hochsensible Kinder vor allem mit Stress verbunden. Sie empfinden es entsprechend als besonders wohltuend, ihr für eine kurze Zeit entfliehen zu können. Hier bieten sich Fantasiereisen wunderbar an. Das Kind kann der Geschichte folgen und sich die Sinneseindrücke vorstellen, ohne tatsächlich akut von ihnen beeinflusst oder gar belastet zu werden. Es folgen drei Texte, die du deinem Kind als Fantasiereise vorlesen kannst. Begebt euch dafür an einen ruhigen Ort, an dem ihr für mindestens zehn Minuten ungestört sein könnt. Dein Kind sollte es sich richtig bequem machen können. Eine Yogamatte, ein Kissen und eine Decke sorgen zum Beispiel für ein komfortables Liegen. Grundsätzlich empfiehlt es sich, dass dein Kind deiner Stimme mit geschlossenen Augen lauscht. Fühlt es sich dabei zu Beginn noch unwohl, kann es die Augen bei den ersten Versuchen aber auch geöffnet lassen.

Reise ans Meer

Du steigst aus dem Auto und kannst augenblicklich die salzige Brise riechen. Wind strömt durch dein Haar, zerzaust es etwas und lässt die Strähnen tanzen. In der Ferne hörst du die Rufe von Möwen, die über dir ihre Kreise ziehen. Der Himmel ist blau, nur vereinzelte weiße Wölkchen sind zu sehen. Du ziehst deine Schuhe aus und setzt deine Füße vorsichtig auf dem sandigen Boden ab. Die Sandkörner umschließen deine Fußsohle und passen sich genau an sie an. Sie sind unter deinen Füßen und zwischen deinen Zehen und sie fühlen sich angenehm warm an. Du kniest dich nieder, vergräbst deine Hände in der gold-braunen Masse und lässt den Sand durch deine Finger rieseln. Einige Meter entfernt von dir rauscht das Meer Wellen an den Strand. In einer ungestümen Regelmäßigkeit prescht das Wasser voran und zieht sich wieder zurück.

Du gehst darauf zu und spürst dabei den zunehmenden Wind und die Sonnenstrahlen, die deine Haut treffen und sie sanft streicheln. Du erreichst das Ufer und wartest darauf, von der ersten Welle erreicht zu werden. Da kommt sie schon: Sie streckt sich bis zu deinen Zehen und du nimmst kühles, schaumiges Wasser an deinen Füßen wahr. Traust du dich, einen Schritt weiter zu gehen? Das Wasser reicht dir nun bis zu den Knöcheln. Es umspült deine Füße und verschafft dir eine willkommene Abkühlung. Du gehst noch einen Schritt weiter und entdeckst eine wunderschöne Muschel unter der klaren Decke aus lebendigem Wasser. Du bückst dich, hebst sie auf und bewunderst sie. Auf ihrer gestreiften Oberfläche reflektiert das Sonnenlicht und lässt den Staub in der Luft munter auf und ab hüpfen.

Du steckst die Muschel in die Tasche deiner Badehose und gehst noch tiefer ins Meer hinein. Mittlerweile reicht dir das dezent salzige Wasser bis zur Hüfte. Es rauscht leise vor sich hin und wirkt sehr beruhigend. Mit einem weiteren Schritt nach vorn lässt du dich auf den Rücken gleiten. Du schwebst nun auf den Wellen und wirst vorsichtig, fast schon behutsam, hin und her geschaukelt. Die Sonne scheint auf dein Gesicht, die Möwen kreischen ein unverkennbares Lied und die sanften Bewegungen der Wellen lassen dich ruhiger und ruhiger werden. Du kannst dich entspannen, fallen lassen und den Moment genießen.

Ausflug ins Grüne

Du schulterst deinen Rucksack, ziehst deine Schuhe an und verlässt das Haus. Du gehst an Häuserreihen mit hübschen Vorgärten vorbei, überquerst viel befahrene Straßen und gelangst schließlich in eine Sackgasse, die direkt in die pure Natur führt. Du betrittst einen steinigen Feldweg und kannst die einzelnen Kieselsteine unter deinen Füßen spüren. Sie massieren deine Fußsohlen durch deine Schuhe hindurch und bescheren dir ein Kribbeln, das von deinen Zehen über deine Unterschenkel bis hinauf zu deinem Nacken wandert.

Du blickst empor auf einen strahlend blauen Himmel, an dem keine einzige Wolke zu sehen ist. Es ist Frühling und die Sonne hat an Kraft gewonnen, sie brennt aber nicht auf dich hinunter, sondern umschließt dich wie ein weicher, goldener Mantel. Der Weg endet und du gelangst auf eine saftig grüne Wiese. Du ziehst deine Schuhe aus und genießt das Gefühl des frischen Grases, das deine Fußsohlen kitzelt. Je weiter du gehst, desto mehr kannst du den Wald riechen. Es duftet nach Moos, Holz und Harz. Am Waldrand angekommen, triffst du auf hohe Bäume, die weit in den Himmel hineinreichen und ruhig im Wind wogen.

Du streckst deine Hand aus und deine Fingerspitzen berühren den rauen Stamm eines Baumes. Seine Rinde ist alt, verwittert und erzählt ihre ganz eigene Geschichte. Du beugst dich vor, schlingst deine Arme um den dicken Baumstamm, den du nicht ganz umgreifen kannst, und spürst, die Energie, die von dem mächtigen Gewächs ausgeht. Du spürst Ruhe, Liebe und Harmonie. Du fühlst dich verbunden mit der Natur um dich herum, kannst dich entspannen und immer tiefer in diese Entspannung hineingleiten. In dir breitet sich ein grünes, beruhigendes Licht aus. Es kommt aus deinem Herzen, erreicht deinen Bauch, kriecht über deinen Rücken und hinein in deine Arme und Beine. Als es deine Finger- und Zehenspitzen erreicht, bist du erfüllt von angenehmer Stille, Frieden und Glückseligkeit.

Schneewanderung

Du ziehst eine dicke Skihose, einen warmen Anorak und eine flauschige Mütze an, denn heute unternimmst du eine Wanderung im Schnee. Du steigst aus dem Auto und deine Füße versinken in weißen, leichten Kristallen. Als du losgehst, knirscht der Schnee unter deinen Schritten. Schwache Sonnenstrahlen bringen das reine Weiß zum Glitzern und erzeugen schimmernde Illusionen in der Luft.

Du beugst dich hinunter und greifst in den Schnee hinein. Er gibt sofort nach und du kannst eine ordentliche Hand voll weißes Pulver greifen. Du klatschst in die Hände und die Schneeflocken stäuben vor deinem Gesicht in einem weißen, anmutigen Strudel auseinander. Es wirkt fast, als würden die Flocken vor deinen Augen einen eleganten Tanz vollführen. Sie springen, umkreisen sich, schließen sich zusammen und trudeln in einer angenehmen Regelmäßigkeit Richtung Boden.

Du gehst weiter und entdeckst einen Adler, der über dir kreist. Seine weiten Schwingen schweben in der Luft und vollführen gleichmäßige Kurven. Hin und her, hin und her, hin und wieder her. Das braune Federkleid des Vogels stellt einen Kontrast zum eisblauen Himmel über dir dar. Mit jedem weiteren Schritt, den du gehst, werden deine Beine müder. Es ist anstrengend, im hohen, frisch gefallenen Tiefschnee zu gehen. Dein Gesicht ist von der Kälte gerötet, deine Nase trieft leicht und du ziehst deine Mütze tiefer in dein Gesicht. Doch trotz der Umstände fühlst du dich wohl. Du bist von unendlichen, schneebedeckten Weiten umgeben und durch deine Kleidung vor der eisigen Kälte geschützt.

Es gibt keinen Ort, an dem du jetzt lieber wärst. Also beschließt du, dir eine Pause von den Strapazen zu gönnen. Du legst dich rücklings in den Schnee und spürst, wie sich die weiße, glitzernde Masse an deinen Körper anpasst. Die Schneedecke schafft Raum für dich und bettet dich weich und sanft. Du liegst da, spürst die Schneekristalle, die sich unter deinem Körper langsam, aber sicher deiner Form anpassen, siehst das unendliche Blau über dir und bist von tiefster Zufriedenheit erfüllt.

Spreche beim Vorlesen der Fantasiereisen bewusst langsam, gleichmäßig und ruhig. Alternativ kannst du natürlich auch CDs und Audiodateien erwerben, die passende Fantasiereisen beinhalten. Diese solltest du dir aber immer zuerst selbst anhören, bevor du sie deinem Kind präsentierst. So stellst du sicher, dass die Inhalte kindgerecht sind und deinen kleinen Schützling nicht überfordern.

Emotionen erkennen und einordnen

Hochsensible Kinder, die emotional veranlagt sind, haben manchmal Probleme damit, ihre intensiv wahrgenommenen Emotionen zu erkennen und richtig einzuordnen. Sie fühlen sehr viel, sind sich aber oftmals nicht im Klaren darüber, was genau sie eigentlich fühlen, was dieses Gefühl bedeutet und wie damit umgegangen werden kann. Kinder, die diese Fertigkeiten erlernen, können daraus sehr viel Sicherheit schöpfen. Diese Übungen können dabei helfen:

Emotionsportraits

Wie fühlen sich verschiedene Emotionen an? Der Antwort auf diese Frage kann man sich mittels Emotionsportraits annähern. Sucht euch gemeinsam – also du mit deinem Kind – eine Emotion aus, die es vermutlich häufig fühlt. Zur Veranschaulichung nehmen wir nun an, ihr hättet euch für die Angst entschieden. Fertigt dann ein Portrait dieser Emotion an. Diese Vorlage, die auf der nächsten Seite nochmals leer aufgezeigt wird, könnt ihr zu diesem Zweck ausfüllen und auch kopieren, um weitere Portraits anzufertigen:

Emotion	Angst
Körperliche Empfindungen	Schwitzen, Zittern, Schwindel, Übelkeit
Psychische Empfindungen	Keine klaren gedanken, Kurzschluss, Nervosität
Bild	Hier fügt ihr ein Bild ein, das die Angst zeigt. Erfahrungen zeigen, dass Kinder Emotionen leichter einordnen können, wenn sie diese mit einem Bild verknüpfen können. Ihr könnt ein Bild aus dem Internet nehmen oder die Angst selbst zeichnen. Sie könnte zum Beispiel ein Monster mit rotem, zottligem Fell sein.

Die Vorlage

Emotion	
Körperliche Empfindungen	
Psychische Empfindungen	

Emotionsportraits anwenden

Die erstellten Emotionsportraits nützen natürlich wenig, wenn sie in einem Ordner im Schrank verstauben. Vielmehr sollten sie genutzt und angewendet werden. Wenn dein Kind ein Gefühl verspürt, das es nicht direkt zuordnen kann, sollte sein erster Weg über die Emotionsportraits führen. So kann es die dort aufgelisteten Empfindungen mit dem Gefühl, das es gerade empfindet, vergleichen.

Stop and Feel

Dein emotional hochsensibles Kind muss lernen, seinen Gefühlen den Raum zu geben, den sie benötigen, sie achtsam wahrzunehmen und anzuerkennen. Stop and Feel ist eine Übung, die genau dies fördert. Erinnere dein Kind mehrmals pro Tag daran, innezuhalten und in sich hinein zu spüren. Was fühlt es? Wie fühlt sich diese Emotion an? Wodurch wurde sie ausgelöst? Und was kann getan werden, um die Emotion zu verarbeiten?

Spiegel der Emotionen

Kommen wir auf den gesunden Umgang mit Emotionen zu sprechen. Wenn sich dein Kind in einem emotionalen Ausnahmezustand befindet, solltest du es nach Möglichkeit vor einem Spiegel platzieren. Es soll sich und seiner Emotion ins Gesicht sehen. So wird ihm zum einen klar, dass sein Gefühl real ist, zum anderen lernt es aber auch, sich mit seinen Gefühlen zu beschäftigen. Schließlich kann man keinem abgrundtief traurigen oder rasend wütenden Gesicht entgegenblicken, ohne sich in irgendeiner Form damit auseinanderzusetzen. Der Spiegel zeigt deinem Kind, dass seine Emotionen nicht nur in ihm sind, sondern dass es diese in eingeschränkter Form auch nach außen trägt und dass Gefühle somit weitaus greifbarer sind, als man zunächst denkt. Diese Erkenntnis ist die beste Voraussetzung dafür, den ganz individuell besten Umgang mit der jeweiligen Emotion zu erarbeiten.

Blick in die Zukunft: Auf schwierige Situationen vorbereiten

Aus Beobachtungen des und Gesprächen mit dem hochsensiblen Kind lässt sich nach und nach ableiten, welche Situationen eine besonders große Herausforderung darstellen. Dieses Wissen kann praktischerweise genutzt werden: Dein Kind kann sich auf genau diese Situationen vorbereiten. Wenn ihr zum Beispiel herausgefunden habt, dass Kindergeburtstage eine Schwierigkeit darstellen, könnt ihr im Vorfeld Strategien ausarbeiten, damit die Situation nicht eskaliert und in einer Überreizung endet.

Setzt euch einige Tage vor dem Event zusammen und stellt euch gemeinsam die Frage, wie die Situation bestmöglich gemeistert werden kann. In diesem Rahmen bietet sich eine Übung an, die wir „Blick in die Zukunft" nennen. Sucht euch einen ruhigen Ort, an dem ihr euch ungestört unterhalten und austauschen könnt. Dort sollte eine entspannte Atmosphäre herrschen – Zeitdruck ist tabu. Frage dein Kind, wie es sich in Anbetracht der anstehenden Geburtstagsparty fühlt. Vielleicht freut es sich darauf, ist aber auch etwas nervös und kann nicht genau einschätzen, was auf es zukommt.

Denkt euch nun zusammen Varianten aus, wie sich die Party abspielen könnte. Wer wird da sein? Welche Stimmung wird vorherrschen? Welche Spiele werden gespielt? Wird es beispielsweise Musik, einen Clown oder eine Hüpfburg geben? Welche besonders herausfordernden Momente könnten sich entwickeln? Durch den „Blick in die Zukunft" kann sich dein Kind an eine mehr oder weniger konkrete Vorstellung wagen und wird, wenn der Augenblick dann gekommen ist, nicht ins kalte Wasser geschmissen.

Vereinbart Regeln und Verhaltensweisen für kritische Situationen. Erinnere dein Kind zum Beispiel an die Skills und die Notbremse, die im vorherigen Kapitel besprochen wurden. Manchen hochsensiblen

Kindern hilft es zudem, einen festen Zeitpunkt zu vereinbaren, an dem sie abgeholt und aus der Situation herausgenommen werden. Wenn dein Kind die Uhr bereits lesen kann, sollte es eine eigene bekommen, damit es jederzeit weiß, wann Mama oder Papa vor der Tür stehen werden.

Wichtig ist dann aber auch, dass die Abholzeit eingehalten wird. Wenn das Kind sich darauf verlässt und dann niemand erscheint, fühlt es sich unweigerlich im Stich gelassen und das Vertrauen zwischen Eltern und Kind schrumpft. Fassen wir also die zentralen Punkte der Übung zur Vorbereitung auf schwierige Situationen zusammen:

- ✓ Gespräch in entspannter Atmosphäre suchen.
- ✓ Nach Gefühlen im Hinblick auf die konkrete, anstehende Situation fragen.
- ✓ In die Zukunft schauen und mögliche Szenarien durchgehen.
- ✓ An Skills und Notbremse erinnern.
- ✓ Bei Bedarf weitere Verhaltensweisen absprechen, wenn die individuelle Situation dies erforderlich macht.
- ✓ Einen festen Abholzeitpunkt ausmachen.

Kraft tanken in der Natur

Wie du weißt, sind HSM oftmals sehr naturverbunden und können sich in der Natur gut entspannen und regenerieren. Diese Eigenschaft nutzen wir für einige Übungen, die dein Kind beruhigen, fördern und in seiner Entwicklung und seinem Selbstbewusstsein stärken können:

➡ *Achtsamer Spaziergang*

Diese Übung unterstützt dein Kind dabei, sensorische Wahrnehmungen nicht per se als feindlich einzustufen, sondern zur Abwechslung auch einmal genießen zu können. Begebt euch an einen Ort in der Natur, an dem ihr unter euch seid. Abgelegene Waldstücke und kleine Seen und Wiesen, auf denen keine Spaziergänger unterwegs sind, bieten sich an. Am besten fahrt ihr zu diesem ruhigen, natürlichen Ort. So wird dein Kind auf dem Weg dorthin, der möglicherweise an vielbefahrenen Straßen entlang und durch Menschenmengen hindurch führt, nicht bereits belastet.

Dort angekommen, unternehmt ihr einen kleinen, gemütlichen Spaziergang. Geht in einem Tempo, das deinem Kind angenehm ist, bei dem es sich körperlich nicht überanstrengt und die Zeit hat, die Welt um sich herum in aller Ruhe wahrzunehmen. Wandert beim Gehen gemeinsam durch die vier Sinne, die hierbei relevant sind. Erzählt euch gegenseitig, was ihr seht, hört, spürt und riecht. Gestaltet das Ganze in Form eines Austauschs, sodass dein Kind sich nicht abgefragt und wie bei einer Prüfung fühlt. Sorge dafür, dass auch du dich mitteilst und dein Kind nicht der einzige ist, der redet. Nehmt euch für jeden Sinn mehrere Minuten Zeit und nehmt ganz einfach wahr, was auf euch einströmt. Zu Beginn sollte ein solch achtsam erlebter Spaziergang maximal zehn Minuten lang dauern. Später können Kinder, die schon älter – über acht Jahre alt – sind, sich auch länger auf ihre Umwelt konzentrieren.

➡ *Atemübung im Grünen*

Wieder wird ein ruhiger Ort mitten in der Natur benötigt. Setzt euch ohne Picknickdecke auf den Waldboden oder die saftige Wiese, schließt die Augen und spürt den Untergrund unter euch. Konzentriert euch dann auf euren Atem. Lasst ihn ganz unbeeinflusst fließen und beobachtet, wie die Luft in den Körper strömt und ihn wieder verlässt. Welche Gerüche nehmt ihr dabei wahr? Wie fühlt sich die Bewegung des Atems an?

Dann startet ihr in die Atemmeditation und zählt zunächst eure Atemzüge. Einatmen – Ausatmen – Eins, Einatmen – Ausatmen – Zwei, Einatmen – Ausatmen – Drei. Wenn ihr bei zwanzig angekommen seid, wechselt ihr in die tiefe Bauchatmung. Ihr legt eine Hand auf euren Bauch und atmet tief in den Bauch hinein ein, während ihr bis fünf zählt. Spürt genau, wie sich der Bauch durch die Atmung nach außen wölbt. Bei fünf angekommen, haltet ihr den Atem für zwei Sekunden an, dann atmet ihr aus und zählt dabei bis sechs.

Nach fünfmaliger Wiederholung steigert ihr euch und zählt beim Ausatmen bis sieben. Versucht zu jeder Zeit ganz bei eurer Atmung zu bleiben. Konzentriert euch nur auf den Atem und schenkt ihm eure ganze Aufmerksamkeit. Ihr beide werdet schnell feststellen, dass diese Atemübung in der Natur für innere Ruhe, Wohlbefinden und Entspannung sorgt.

➡ *Eins mit der Natur*

Begebt euch auf eine große, grüne Wiese und legt euch rücklings ins Gras. Streckt die Arme und die Beine zu den Seiten hin aus und blickt einfach in den Himmel hinauf. Wandert dann durch die vier Sinne, die hier relevant sind, und widmet dem Sehen, dem Hören, dem Spüren und dem Riechen jeweils mindestens eine Minute. Falls euch dies angenehmer ist, könnt ihr die Augen auch schließen. Spürt, wie ihr, durch den Untergrund mit der Wiese verbunden, eins mit der Natur werdet. Genießt euren Aufenthalt in der Natur, lasst den Alltagsstress mit allen Ängsten und Sorgen hinter euch und gebt euch dem Moment hin, der sich euch bietet.

Sich selbst akzeptieren und loben

HSM sind für gewöhnlich sehr selbstkritisch. Sie finden immer ein Manko an dem, was sie sind, denken, fühlen und tun, tun sich aber schwer damit, sich wirklich zu akzeptieren oder gar zu loben und als wunderbar anzuerkennen. Deshalb sehen wir uns nun zwei Übungen an, die die Selbstakzeptanz und das Loben der eigenen Person fördern:

➡ *Wer bin ich?*

Wer bin ich eigentlich? Diese Frage stellen sich nicht nur hochsensible Kinder. Sie beschäftigt nicht selten auch Personen, die längst erwachsen sind und viele Lebensjahre hinter sich haben. Damit man sich selbst akzeptieren kann, muss man wissen, wer man ist. Dabei ist zu beachten, dass wir Menschen nicht immer gleich sind, uns weiterentwickeln, gute und weniger gute Tage haben, uns verändern und uns im ständigen Wandel befinden. Wenn du auf dein bisheriges Leben zurückblickst, wirst du mit hoher Wahrscheinlichkeit feststellen, dass sich die Person, die du heute bist, von deinem 10-jährigen, 20-jährigen und – je nachdem, wie alt du bist – 30-jährigen Ich unterscheidet. Es ist also wichtig, dass dein Kind sich kennenlernt, aber auch lernt, sich immer anzunehmen, ganz egal in welcher Hinsicht es sich verändert. Setzt euch für diese Übung zusammen, macht es such bequem und schließt eure Augen. Legt eine Hand mit der Handfläche zum Körper auf die Stelle, an der euer Herz sitzt. Spürt, wie es unter eurer Handfläche pocht und nehmt diesen Moment kurz einfach so wahr wie er ist. Begebt euch dann beide jeweils ganz für euch allein auf eine Reise durch euren Körper und eure Persönlichkeit. Versucht, mit jedem Herzschlag ein Wort zu nennen – laut ausgesprochen oder still in Gedanken – das ihr mit euch in Verbindung bringt. Diese Übung könnt ihr immer wieder wiederholen. Sie wird quasi nie langweilig oder verliert an Reiz, weil ihr selbst euch täglich verändert – auch wenn euch dies zuvor vielleicht gar nicht so wirklich bewusst ist.

➡ *Komplimente für alle*

Aus eigener Erfahrung weißt du mit Sicherheit, wie Komplimente die Seele streicheln können. Stellt euch gegenüber auf und macht euch abwechselnd gegenseitig ehrlich gemeinte Komplimente. Diese sollten sich ganz explizit nicht nur auf das Äußere, sondern vor allem auf das Innere und die persönlichen Qualitäten beziehen. Macht zehn Wechsel und verändert die Übung dann leicht: Stell euch nacheinander einem bodentiefen Spiegel gegenüber, den Anfang solltest dabei du als Erwachsener machen. Blicke in den Spiegel und mache dir selbst mindestens fünf Komplimente. Im Anschluss ist dein Kind an der Reihe.

Übungen für innere Ruhe

Emotional hochsensible Kinder lassen sich innerlich sehr leicht aus der Ruhe bringen. Umso wertvoller sind für sie Übungen, die auf innere Ruhe und ein Gefühl der Geborgenheit abzielen.

➡ *Atemzüge zählen*

Schließt die Augen und lasst euren Atem frei fließen. Spürt genau, wie der Atemzug in eure Lunge strömt und den Körper wieder verlässt. Zählt dann Atemzug für Atemzug und hört erst auf, wenn ihr euch deutlich ruhiger und gelassener fühlt.

➡ *Farbenspiel*

Wählt jeweils eure Lieblingsfarbe, setzt oder legt euch in einer bequemen Position und lauscht eurem Atem. Mit jedem Einatmen strömt ein farbiger, schwereloser Fluss in euren Körper, mit jedem Ausatmen gelangt ein kleiner Teil der Farbe wieder aus euren Körpern. In den ersten Atemzügen erreicht die Farbe vielleicht nur die Nase und den Hals, dann dringt sie in die Brust vor, nimmt den Bauchraum ein und breitet sich in die Gliedmaßen aus. Lasst die Farbe einfach gleiten und spürt, wie sich ihre Intensität und Präsenz mit jedem weiteren Atemzug verstärkt.

➡ *Feste Umarmung*

Nehmt euch ganz einfach in den Arm. Nicht halbherzig, nicht kurz oder vorsichtig, sondern beherzt und von Herzen. Streicht mit den Armen über den Rücken des jeweils anderen, spürt seinen Körper an eurem und versucht, auf geistiger Ebene Geborgenheit und Wärme an euer Gegenüber zu senden.

➡ *Erdung*

Stellt euch im hüftbreiten Stand auf, die Arme sind horizontal ausgestreckt, der Blick zeigt zunächst geradeaus nach vorn. Lasst euren Atem fließen und besinnt euch auf euer Inneres. Schließt die Augen und stellt euch vor, aus euren Füßen würden Wurzeln wachsen. Sie durchdringen das Parkett, stoßen auf Beton, durchbrechen diesen und erreichen den Erdboden.

Die Wurzeln wachsen tiefer und tiefer, wobei ihre Verästelungen stärker werden. Stellt euch nun vor, Kraft und Ruhe aus der Erde zu ziehen. Kraft und Ruhe wandern durch die Wurzeln, durch Beton und den Parkettboden in eure Körper hinein und werden nach und nach immer intensiver spürbar.

Kapitel 9: Wenn Mama & Papa hochsensibel sind

Da die HS, wie du weißt, mit einer beträchtlichen genetischen Komponente einhergeht, ist es nicht ganz unwahrscheinlich, dass auch ein Elternteil – oder sogar beide – hochsensibel ist. Dies kann schon vorher bekannt sein, oder der Elternteil setzt sich erst durch die Feststellung der HS bei seinem Kind mit der Thematik auseinander und bemerkt so, dass er ebenfalls hochsensibel ist.

Dieses Kapitel ist recht kurz gehalten, da es kaum pauschale Tipps und Ratschläge gibt, die einem hochsensiblen Eltern-Kind-Paar gegeben werden können. Genauso wie jedes Kind anders ist, ist auch jeder Elternteil ein Individuum. Je nach beidseitiger Ausprägung der HS kommt es zu ganz unterschiedlichen Konflikten, Schwierigkeiten und Herausforderungen. Dennoch gibt es einige grundlegende Hinweise, die für gewöhnlich als hilfreich empfunden werden und beide HSM unterstützen und fördern können.

Voneinander lernen

Wenn zwei HSM in einem Haushalt leben, birgt dies ein gewaltiges Potenzial. Beide Betroffenen können sich auf Augenhöhe austauschen, sich gegenseitig Tipps geben und voneinander lernen. Keiner muss sich alleingelassen oder als einzig Andersartiger fühlen.

Wichtig ist dabei eine offene und rege Kommunikation. Erlebte Schwierigkeiten sollten nicht unter den Teppich gekehrt oder heruntergespielt, sondern offen angesprochen werden. Nur so kann der jeweils andere HSM davon profitieren.

Die eigenen Bedürfnisse im Fokus

Trotzdem ist es wichtig, den Fokus immer wieder auf die eigenen, individuellen Bedürfnisse zu richten. Schließlich gleichen sich HSM nicht. Was der eine braucht, was ihn extrem unangenehm reizt oder was er sich wünscht, ist nicht unbedingt dasselbe, das ein zweiter HSM erfährt.

Das gilt auch für Eltern-Kind-Paare. Deshalb sollten beide Parteien lernen, sich vordergründig auf die eigene Person und die eigene Wahrnehmung zu konzentrieren, was ein Lernen vom Gegenüber nicht ausschließt.

Der hochsensible Elternteil als Vorbild

Wenn du selbst zu den HSM gehörst, hast du die besten Voraussetzungen dafür, deinem hochsensiblen Kind als authentisches Vorbild zu dienen. Sei dir deiner Vorbildfunktion bewusst und mache dir klar, dass sich dein Umgang mit der HS indirekt auf dein Kind und dessen Umgang mit der HS auswirkt.

Du lebst vor und dein Kind imitiert auf ganz natürliche Weise. Neben deinem eigenen Wohlbefinden sollte dir dies eine große Motivation sein, dich mit deiner HS auseinanderzusetzen und zu einem gesunden Umgang damit zu finden.

Kapitel 10: Fragen und Antworten

Zum Abschluss dieses Buches beantworten wir einige Fragen, die sich Eltern hochsensibler Kinder besonders häufig stellen.

Junge oder Mädchen - macht das Geschlecht bei HSM einen Unterschied?

Jein. Beobachtungen zeigen, dass männliche HSM öfter dem extrovertierten Typ zuzuordnen sind als weibliche HSM. Zudem kann es Mädchen und Frauen unter Umständen leichter fallen, sich mit der HS zu befassen und diese als Persönlichkeitsmerkmal zu akzeptieren. Warum?

Ganz einfach: Noch immer vermittelt unsere Gesellschaft Jungs und Männern, immer stark sein zu müssen und keine Schwäche zeigen zu dürfen. Die HS passt da nur schwer ins Bild. Generell gilt aber trotzdem: Die HS beeinflusst Jungen und Mädchen sowie Männer und Frauen auf eine ähnliche Weise und die Stärke und Art der Ausprägung hängt nicht unbedingt mit dem Geschlecht zusammen.

Besteht ein Zusammenhang zwischen HS und Hochbegabung?

Nicht zwangsläufig. Die Mehrheit der Hochbegabten ist nicht hochsensibel und der Großteil der HSM ist nicht den Hochbegabten zuzuordnen. Dennoch können sich beide Merkmale überschneiden. Besonders oft ist eine Hochbegabung bei kognitiv hochsensiblen Kindern und Erwachsenen zu beobachten.

Kann sich HS „verwachsen"?

Nein. Das Persönlichkeitsmerkmal HS bleibt ein Leben lang erhalten. Lediglich der Umgang damit macht den Unterschied zwischen „darunter leiden" und „damit leben" aus.

Hat die Ernährung einen Einfluss auf HSM?

Ein Einfluss der Ernährung auf HSM ist nicht nachgewiesen. Trotzdem berichten manche Therapeuten, Ärzte und Eltern von hochsensiblen Kindern und Erwachsenen, die von einer besonders ausgewogenen, auf Gesundheit bedachten Ernährung profitieren. Klar ist zum Beispiel, dass man ein hochsensibles Kind vor dem Geburtstagsfest, das ohnehin schon eine Herausforderung darstellt, nicht mit extrem viel Zucker aufputschen sollte. Darüber hinaus ist zu erwähnen, dass sich hochsensible Kinder und Heranwachsende manchmal besonders früh und intensiv mit ihrer Ernährung auseinandersetzen und sich so zum Beispiel schon im jungen Alter für den Vegetarismus entscheiden. Solche Entscheidungen sind seitens der Eltern unbedingt zu unterstützen.

Gibt es nützliche Supplemente?

Grundsätzlich sollte ein hochsensibles Kind nicht unbedacht mit Nahrungsergänzungsmitteln vollgepumpt werden. Diese können die HS auf keinen Fall „beseitigen" oder ausgleichen. Supplemente können aber durchaus unterstützend einwirken. Gefragt sind vor allem Nahrungsergänzungsmittel, welche die Nerven stärken. Dazu gehören Vitamin D, Magnesium und Kalium. Alternativ oder zusätzlich kommt auch der Energiebringer D-Ribose infrage, jedoch reagiert jeder HSM anders auf die Supplemente. Möchte man seinem hochsensiblen Kind mit Nahrungsergänzungsmitteln unter die Arme greifen, empfiehlt es sich immer, vorab einen Arzt zurate zu ziehen, der sich mit HS im Kindesalter auskennt.

Gibt es Selbsthilfegruppen für HSM und deren Angehörige?

Die gibt es. In größeren Städten finden regelmäßig Treffen unter HSM und Angehörigen statt, in deren Rahmen man sich austauschen, Inspiration gewinnen und unter Gleichgesinnten Kraft tanken kann. Sollte keine solche Selbsthilfegruppe in deiner Nähe existieren, hilft dir das Internet dabei, dich dennoch weniger allein zu fühlen. In verschiedenen Foren und auf spezifischen Plattformen wirst du sicher fündig.

Schlusswort

Nun weißt du was es mit der Thematik der Hochsensibilität auf sich hat. Du kannst aufmerksam dein Kind beobachten und bei ersten Anzeichen erste Schritte in Richtung besonderer Förderung einleiten. So fühlt sich dein Kind nicht länger missverstanden und ihr vermeidet unnötige Konflikte, die die Eltern-Kind-Beziehung belasten. Du kannst dein Kind frühzeitig unterstützen, sodass viele Probleme erst gar nicht aufkommen.

Wenn dir dieses Buch gefallen und geholfen hat, dann würde ich mich sehr über dein Feedback freuen. So kannst du anderen Menschen ebenfalls dabei helfen, dass sie den Stoizismus für sich entdecken.

Gehe dazu auf

www.amazon.de/ryp

und hinterlasse eine Rezension - du kannst das in 2 Minuten erledigen und hilfst mir und anderen zukünftigen Stoikern dadurch enorm weiter.

Viel Spaß und viel Erfolg

Paula Weinbach

Weitere Werke der Autorin

AUSGEGRÜBELT!
Grübeln stoppen in der Praxis

- Paula Weinbach -

In diesem Buch erfährst du:

- ✓ Wie du negative Gedanken endlich stoppen kannst.
- ✓ Wie du innere Blockaden beseitigen kannst und zur Ruhe kommst.
- ✓ Wie du dir nicht mehr über jede Kleinigkeit den Kopf zerbrichst.

Und noch Vieles mehr!

Die Klartraum Methode

- Paula Weinbach -

In diesem Buch erfährst du:

- ✓ Wie du jeden Tag zusätzlich einige Stunden an wertvoller Zeit gewinnst.
- ✓ Wie du dein Unterbewusstsein erforschen und programmieren kannst.
- ✓ Wie du komplexe Probleme im Schlaf löst und kreativer wirst.

Und noch Vieles mehr!

Weitere Werke von KR Publishing

Erfolgreich durch
NLP

- Johannes Lichtenberg -

In diesem Buch erfährst du:

- ✓ Wie du dein Unterbewusstsein auf Erfolg programmierst.
- ✓ Wie du schlechte Gewohnheiten fast mühelos ablegen kannst.
- ✓ Wie du deine Disziplin extrem steigern kannst

Und noch Vieles mehr!

Konfliktfrei durch
Gewaltfreie Kommunikation

- Johannes Lichtenberg -

In diesem Buch erfährst du:

- ✓ Wie du Konflikte gewaltfrei löst.
- ✓ Wie du eine Beziehungen langfristig verbessern kannst.
- ✓ Wie du deine Gesprächspartner unbemerkt analysieren kannst.

Und noch Vieles mehr!

Die Macht der
Emotionalen Intelligenz

- Johannes Lichtenberg -

In diesem Buch erfährst du:

- ✓ Wie du deine emotionale Intelligenz schnell & einfach erhöhen kannst.
- ✓ Wie du durch einen höheren EQ erfolgreicher im Leben werden kannst.
- ✓ Wie du die emotionalen Intelligenz effektiv im Alltag anwenden kannst.

Und noch Vieles mehr!

Lust auf mehr? Unser Geschenk an dich!

Vielen Dank für den Kauf von diesem Buch und deinem damit verbundenen Vertrauen in uns als Herausgeber und in Paula Weinbach als Autorin dieses großartigen Buchs. Das bedeutet uns wirklich viel, weshalb wir dir den Ratgeber „Habit Hacks - 10 unscheinbare Schlüssel Gewohnheiten, die dein Leben verändern," als Download schenken - vollkommen gratis! Zudem möchten wir dir die Möglichkeit eines direkten Austauschs mit der Autorin anbieten. So kannst du z.B. deine Fragen, dein Feedback oder deine Anregungen Paula zukommen lassen - eine tolle Möglichkeit für die Kommunikation zwischen Leser und Autorin!

Diese kleinen und unscheinbaren Schlüssel Gewohnheiten verändern dein Leben - erfahre:

- ✓ wie eine kleine Veränderung beim Duschen deine Disziplin stärkt und dir einen Energiekick verschafft...
- ✓ wie eine Prise Salz dir einen Kickstart am Morgen verschaffen kann...
- ✓ wie eine kleine Einstellung an deinem Smartphone & Computer deinen Schlaf verbessert...
- ✓ und noch weitere geniale und unscheinbare Habit Hacks!

Wenn du bereit bist, dein Leben mit einigen simplen Habit Hacks auf das nächste Level zu bringen, dann gehe jetzt auf

www.KRPublishing.de/hsp

und sichere dir dein kostenloses Exemplar als digitalen Download.

Impressum

Herausgeber:

KR Publishing UG (haftungsbeschränkt)
Mundsburger Damm 26
22087 Hamburg
Deutschland

Printed in Germany
by Amazon Distribution
GmbH, Leipzig

19497963R00068